PETER BESSER

Die Königskinder
von Dresden

* * *

Nicht nur eine Liebesgeschichte

Dieses Büchlein
ist meiner Heimatstadt Dresden
zu ihrem 800. Geburtstag 2006
gewidmet.

Impressum
© PETER BESSER:
Die Königskinder von Dresden
1. Auflage 2006
Einband- und Textgestaltung: Wolfgang Hennig
Titelbild: Johann Ch. Clausen-Dahl
»Blick auf Dresden bei Vollmondschein«, 1839
Herstellung und Verlag:
Books on Demand GmbH, Norderstedt
Alle Rechte liegen beim Autor
ISBN 3-8334-4706-0

I

Es krachte erneut und nach einem kurzen Auf-
flackern verlosch das Licht im Luftschutzkeller end-
gültig. »Wir müssen den Durchbruch zum Nach-
barhaus freilegen«, hörte Werner einen Mann rufen.
Dann wurden Dynamolampen betätigt, um die
Maueröffnung auszuleuchten. Jemand schob ihn in
das Loch, denn etwas Besseres war es nicht, was die
Männer freigelegt hatten. Aber auch hier war alles
voller Rauch und Staub. Er stolperte über ein Bündel.
Erst dachte Werner es wäre ein Rucksack, dann
schrie das Bündel auf. Der Junge hob es hoch und
erreichte das Freie. Im Widerschein der brennenden
Häuser öffnete er das Bündel vorsichtig und sah,
dass er einen Säugling gerettet hatte.... .
Eine Frau forderte ihn auf, sein Schwesterchen mitzunehmen und mit ihr zur Sammelstelle für Aus-
gebommte zu gehen. Werner hatte keine Geschwister.
Warum die Frau sofort wusste, dass es ein Mädchen
war, erfuhr er erst später, als man ihm den Symbol-
gehalt der rosa Wäsche erklärte, mit der das Baby
bekleidet war.

Es hatte alles so schön angefangen an diesem
Faschingsdienstag neunzehnhundertfünfundvierzig. Am Nachmittag ging Werner zu seiner Großmutter auf die Bürgerwiese. Sie hatte sich von ihren
Lebensmittelkarten Fett und Zucker abgespart,
damit sie ihm ein paar Pfannenkuchen backen konnte. Da es bei Oma immer so gemütlich war, hatte er
das nach Hause Gehen verpasst. Der Voralarm machte den Beiden unmissverständlich klar, dass es nun
für einen Rückweg an diesem Abend zu spät war.
Noch im Faschingskostüm ging es in den Luft-

schutzkeller. Dort wurde er von seiner Großmutter getrennt, die in der Nähe des Ausgangs bei einer kränkelnden Nachbarin geblieben war. Werner hat seine Großmama nie wieder gesehen.

Die Brücken waren weitestgehend verschont geblieben und so machte er sich auf den Heimweg in die Neustadt. Als ob die Elbe eine Grenze gezogen hätte, waren rechtselbisch die Zerstörungen geringfügiger ausgefallen als in der Altstadt. Je mehr er nach Norden vorstieß, nahmen die Zerstörungen ab. Zu Hause in der Louisenstraße funktionierte sogar die Klingel. Vater öffnete. Er und Mutter waren angezogen und hatten sich Sorgen und Vorwürfe gemacht. Werner erzählte, dass er Oma im Luftschutzkeller aus den Augen verloren hatte. Dann zeigte er sein Bündel vor. Das Mädchen war auf dem Heimweg eingeschlafen. Mutter war erschrocken und doch stolz auf ihren Jungen. Das ein Zwölfjähriger sich so vorbehaltlos für ein kleines fremdes Menschenkind einsetzt, statt das eigene Leben zu retten, war nicht alltäglich. Sie strich ihrem Jungen über den Kopf und begann das Baby auszuziehen. Dabei fanden sie ein Stück Karton, das mit einem Bindfaden am Hals befestigt war.

Johanna Högner stand da in deutscher Schrift und darunter *13. Nov. 44*. Werners Vater hob das Kärtchen hoch und meinte: »Scheint die Schrift einer jungen Frau zu sein.« Mit den Worten: »Ich schau mal nach, ob ich auf dem Boden noch Windeln finde«, verließ Mutter die Wohnung. Kurz darauf kehrte sie erleichtert zurück. Sie war fündig geworden. Das Mädchen hatte dabei still mit großen Augen das Geschehen verfolgt. Nachdem es versorgt war, schlief es ein. Johanna war vermutlich die Einzige, die in den Morgenstunden des vierzehnten Februars in den neuen Tag hinein schlief. Hilde und Herbert Fink, Werners Eltern, überlegten, wie es weitergehen soll. Da waren das ungewisse Schicksal der Großmutter und die des Babys.

»Wollten wir nicht immer noch ein zweites Kind?«, fragte Hilde ins Dunkel hinein. Herbert drückte seine Frau an sich und entgegnete:

»Selbst wenn die Mutter unter den Trümmern begraben liegen sollte, so hat so ein Kind auch einen Vater und Großeltern. Überleg doch mal, der Vater kommt aus dem Feld zurück und erfährt, Frau tot, Tochter vermisst. Und wenn die Frau schon Witwe war, selbst als Vollwaise können wir Johanna nicht unterschlagen. Ich gehe noch diese Woche zum Blockwart und erzähle ihm von Werners Fund. Wir sollten froh sein, dass wir Dank meiner Unabkömmlichkeit eine intakte Familie geblieben sind.«

Hilde erinnerte sich. Wie oft hatte sie gebangt, dass die u-k-Stellung (unabkömmlich) für den Gelbgießer Herbert Fink aufgehoben wird. Aber Herberts Spezialwissen war dem Dritten Reich offenbar wichtiger als sein mögliches Können als Soldat.

II

Walter Högner stand am Stacheldrahtzaun und schaute ins Leere. Er merkte nicht, dass er weinte. Seine Uniform war schäbig. Die einstmals silbernen Litzen auf den Schulterstücken, im Landserjargon auch Gurkenschalen genannt, waren verblichen und ausgefranst. Jetzt, ein Jahr nach Kriegsende, funktionierte der Postverkehr zwischen den Gefangenen und der Heimat wieder. Ein Brief an seine Frau war zurückgekommen. Heute hatte er Gewissheit. Ein

Brief von Lothar, seinem ehemaligem Schul- und Kriegskameraden, bestätigten seine Ängste, die ihn nicht mehr losließen.

Dresden, den 14. 5. 46

Lieber Walter!

Wie es nach einem Bombenangriff aussieht, brauche ich Dir als alten Frontsoldaten nicht beschreiben. Wie es um unser schönes Dresden bestellt ist, läßt sich nicht beschreiben. Jutta gehört zu den 35.000, die den 13. Februar 1945 nicht überlebt haben. Dein Töchterchen wurde gerettet und ist in einem Kinderheim auf dem Weißen Hirsch untergekommen. Laß sie nicht Vollwaise werden! Komm gesund zurück und fange, wie ich, neu an! Von Marion erzähle ich Dir das nächste Mal.

Dein Lothar

Als er den Brief zu Ende gelesen hatte, huschte ein Lächeln über sein Gesicht. Lothar mit amputiertem Unterschenkel hatte es offensichtlich geschafft, wieder im Leben anzukommen und mit Marion sein persönliches Glück zu finden. Er hatte Glück im Unglück. Nach seiner schweren Verwundung neunzehnhundertdreiundvierzig konnte er nach Dresden zurückkehren und wieder in seinen Beruf als Kartograph einsteigen. Er überlebte die Bombennacht und blieb mit seinem Freund im Briefwechsel.

Klaus war herangetreten. Ohne ihn anzusehen, fragte er: »Schlechte Nachrichten?«
»Wie man es nimmt. Frau tot, Tochter im Heim«, antwortete Walter mit militärischer Kürze. Klaus

legte ihm seine Hand auf die Schulter und erwiderte: » Sobald der Ami die ersten Gefangenen in Richtung Sowjetzone entlässt, bist du dabei. Das verspreche ich dir, so wahr ich Oberleutnant Berger bin. Na, sagen wir, war.« Dann stritten sie noch eine Weile darüber, ob sie noch Unteroffizier und Oberleutnant sind oder erst nach der hoffentlich baldigen Entlassung ihren Status als Militärperson verlieren.

Leicht war es Werner nicht gefallen, das Baby wieder herzugeben. Erst nach Kriegsende waren alle Formalitäten erledigt, um das Mädchen in einem Heim unterbringen zu können. Bis dahin hatte seine Mutter es schlecht und recht versorgt. Und wäre der Blockwart nicht gewesen, hätten sie nicht gewusst, woher sie die Milch für Johanna bekommen sollten. Beim Abschied im Kinderheim drückte er sie noch einmal an sich und flüsterte ihr ins Ohr: »Leb wohl Hannchen, wir sehen uns wieder.«
Blockwart Adolf Seller, selbst Großvater, hatte das Unmögliche möglich gemacht, selbst in den letzten Kriegsmonaten kurzfristig Lebensmittelkarten für ein Kleinkind zu besorgen. Seller hatte nicht nur den gleichen Vornamen wie der Führer, auch die von der Propaganda vorgespielte Kinderliebe Hitlers war ihm eigen. An einer kleinen Glastür des Küchenbüfetts steckte eine Fotografie. Sie zeigte Werner mit Johanna auf dem Arm. Drei Enkel hatte Seller, deren Fotos ebenfalls die Büfetttüren zierten. Er saß am Küchentisch. Im Radio hatten sie gerade gemeldet, dass Berlin eingeschlossen sei. Neunzigtausend Mann nebst dem kinderlieben Führer saßen in der Reichshauptstadt fest. Hinter den Kinderbildern am Küchenschrank lag in einer Tasse das Parteiabzeichen. Innerlich war er längst von der Partei und

ihren Ideen abgerückt. Den letzten Ausschlag gab der Tod seines Sohnes. Als Melder eingesetzt, hatte er sich verirrt. Wegen versuchter Fahnenflucht wurde er standrechtlich erschossen. Seller, im ersten Weltkrieg selbst Soldat, weiß, wie schnell man sich im unbekannten Gelände verlaufen kann. Den Jungs, ohne gründliche Ausbildung nach vorn geschickt, mussten Fehler unterlaufen. Wahrscheinlich hatten die Vorgesetzten ebenfalls wenig Kampferfahrung und drehten durch. »Was wird danach kommen?«, überlegte er. Es war ihm gleichgültig. Vielleicht werden die, denen er geholfen hat, ein gutes Wort für ihn einlegen, wenn man mit den Nazis abrechnen wird. Die junge Frau mit ihrem vier Jahre alten Sohn war keine Bekannte aus Schlesien, sondern eine ukrainische Zwangsarbeiterin, deren akzentbehaftetes Deutsch er als Dialekt ausgab. Ihre Lebensmittelkarten hatte Seller halblegal organisiert. »Wird Zeit, dass bald Schluss ist, lange lässt sich der Schwindel nicht mehr durchhalten«, meinte er im Selbstgespräch. Sein Schicksal war ihm als Witwer relativ gleichgültig. Denen er geholfen hatte, wünschte er, den Frieden noch zu erleben.

III

Die Demarkationslinie, wie die Heimkehrer die Grenze zwischen den Besatzungszonen nannten, hatte etwas Bedrohliches. Aber die russischen Soldaten schauten nur gleichgültig drein, während der amerikanische Offizier die Entlassungslisten seinem Kameraden von der Sowjetarmee übergab. Nach einem kurzen Lokwechsel ging es hinein ins Sachsenland. Berger, sein ehemaliger Kompanieführer, hatte sein Versprechen wahr gemacht und Walter Högner mit auf den ersten Transport geschickt, der die Kriegsgefangenen in die sowjetische Zone entließ. Trotzdem war inzwischen das Jahr neunzehnhundertsiebenundvierzig herangekommen, ehe er, körperlich unversehrt, wieder Dresdner Boden betrat. In der Meldestelle gab er seine Entlassungspapiere ab und musste diverse Formulare ausfüllen. Nachdem soweit alles geregelt war, erkundigte er sich nach seiner Tochter. Der Mann hinter dem Schalter, ein Mitfünfziger, machte den Eindruck, dass er auch ein Ohr für den nichtamtlichen Teil des Lebens hat. Adolf Seller, der in der Meldestelle seinen Dienst tat, hörte sich die Erzählung des Entlassenen an und fragte nach dem Namen des Mädchens.

»Johanna Högner, geboren am dreizehnten November neunzehnhundertvierundvierzig. Man hat mir geschrieben, dass sie in ein Waisenhaus eingeliefert wurde.« Seller lud den jungen Mann nach Dienstschluss zu sich ein und versprach ihm, alles zu erzählen, was er über dessen Tochter wusste. So erfuhr Högner von der wundersamen Rettung durch einen Jungen und dem vierteljährlichen Intermezzo bei dessen Eltern.

»Trotz des allgegenwärtigen Leides hat mich das Schicksal des Mädchens und dessen Rettung berührt. Ich erfuhr, dass die Mutter des Säuglings umgekommen war. Ein zwölfjähriger Junge, der sich besuchsweise in diesem Luftschutzkeller aufhielt, rettete sich und ihr Töchterchen. Ich ging davon aus, dass das Mädchen auch einen Vater haben müsste. Durch Zufall erfuhr ich, dass dieser an der Westfront eingesetzt ist. Ihre Feldpostnummer, Herr Högner, war jedoch nicht herauszubekommen. Trotzdem bin ich davon ausgegangen, dass Sie überleben und habe die Pflegefamilie überzeugt, Johanna nach Kriegsende in ein Heim zu geben. Fassen Sie erst einmal Fuß, junger Mann, und dann können sie ihre Tochter aus dem Heim holen. Sie allein werden kaum imstande sein, sich um sie zu kümmern.«

An diesem Nachmittag war die Kneipe in der Neustadt trotz Schichtende nur spärlich besucht. Aber Lohnabschlag gibt es erst übermorgen. Nur Gehaltsempfänger und Besserverdienende können sich zwischendurch ein Bier im Lokal leisten. Adolf Seller hatte sich mit Herbert Fink verabredet. Der eigentliche Anlass ihres Treffens wurde durch ein aktuelles Tagesereignis überschattet: Dr. Rudolf Friedrichs, erster sächsischer Nachkriegs-Ministerpräsident war tot. *Einem plötzlichem Herzstillstand erlegen,* hieß es in der offiziellen Pressemitteilung.

»Sie haben ihn umgebracht, diese Verbrecher«, meinte Seller und spülte seine Aufregung mit einem großen Schluck herunter. Als er den fragenden Blick seines Gegenübers sah, drehte er sich vorsichtig um, ehe er zu erzählen begann. Trotz Sellers Mitgliedschaft in der Nazi-Partei hatte ihn Dr. Friedrichs, als er noch Oberbürgermeister von Dresden war, eine Stelle im antifaschistischen Verwaltungsapparat ermöglicht. Er hatte von dessen Aktivitäten bei der Rettung gefährdeter Personen erfahren. Seller wusste einiges über den Verstorbenen zu berichten.

Als Sozialdemokrat durch und durch demokratisch gesinnt, spürte Friedrichs sehr bald nach dem Parteienzusammenschluss mit den Kommunisten, dass er seine Vorstellungen von Demokratie im politischen Tagesgeschäft immer schwerer wird durchsetzen können. Insbesondere der kommunistische

Innenminister Dr. Kurt Fischer probte den Aufstand und intrigierte gegen ihn.

»Mit dem Fischer als Stellvertreter sitzt nicht nur ein notorischer Kommunist, sondern auch ein erprobter Geheimdienstler in der Landesregierung. Ich sage Ihnen, keiner von der gesamten Ministerriege sitzt fester im Sattel als dieser Doktor Fischer. Er hatte von Anfang an einen heißen Draht zur Besatzungsmacht. Die Russen haben ihn aufs Schild gehoben.«
Fink wunderte sich etwas über die blumigen Formulierungen. So hatte er Seller noch nie reden hören. Für ihn waren diese Dinge neu und interessant. Auch als er hörte, dass Fischer die erste und einzige gesamtdeutsche Ministerpräsidentenkonferenz hatte platzen lassen, schüttelte er nur verwundert seinen Kopf. Dr. Fischer, der den erkrankten Dr. Friedrichs vertrat, versuchte den kommunistischen Hegemonieanspruch der sowjetisch besetzten Länder durchzusetzen.

»Ich dachte immer, wir wollen auch die Wiedervereinigung?«, fragte Fink und fuhr fort: »Aber was Sie mir hier erzählen, belegt ja das Gegenteil. Die Kommunisten wollen die Wiedervereinigung nur unter bestimmten Bedingungen. In den Zeitungen stellen sie immer die westlichen Besatzungsmächte und die Westdeutschen als Spalter dar. Unsere Politiker hintertreiben sie ebenso.« Die Männer waren sich klar darüber, dass das politische Handwerkszeug der SED dem der Nazi-Ära gefährlich ähnlich ist. Der politische Inhalt mag anders sein, die Methodik seiner Durchsetzung nicht. Schließlich waren auch damals politische Morde üblich.
Eigentlich ganz beiläufig erwähnte dann Seller noch, dass Finks Findelkind seinen Vater wiederhat. Der junge Mann war körperlich unbeschadet aus der

Gefangenschaft zurückgekehrt und fand hier in Dresden Wohnung und Arbeit.

Aus dem Hof der Fleischerei quoll die Schlange der Wartenden. Walter Högner ging an ihr entlang und zählte leise die Schritte. Einhundert..., Einhundertfünfzig..., dann bog die Schlange in die nächste Seitenstraße ab, um nicht die Fahrbahn überqueren zu müssen. Bei Schrittzahl vierhundertzweiunddreißig hatte er das Ende der Schlange erreicht und reihte sich gewohnheitsgemäß ein. Ihm fiel auf, dass die Leute vorwiegend Krüge und Töpfe bereithielten. Högner fragte eine junge Frau vor ihm, was es denn eigentlich gäbe.

»Zwei Liter Wurstbrühe für jeden und ohne Marken«, bekam er zur Antwort. Dabei schaute die Frau zu ihm hin und stellte fest, dass er ohne Gefäß kaum etwas bekommen würde. »Was will ich mit Wurstbrühe?«, fragte er sich und wollte wieder gehen. Die Frau hielt ihn fest mit den Worten: »Wenn Sie mir meinen Platz freihalten, besorge ich Ihnen einen Krug.« Er meinte, dass er nicht wüsste, was er mit der Brühe anfangen solle.

»Sie nicht, aber Ihre Frau weiß es und wird es Ihnen danken, wenn sie heute statt mit einem Blumenstrauß zur Abwechslung einmal mit einem Krug Wurstbrühe nach Hause kommen.« Die Frau schien ihren Humor auch in dieser Situation nicht verloren zu haben. Als sich Högner erneut anschickte, die Warteschlange, die sich inzwischen nach hinten verlängert hatte, zu verlassen, bat sie ihn, einen Krug für sie mit zu holen. Dabei lächelte sie ihn bittend an. Ihre Augen erinnerten ihn etwas an Jutta. »Na gut, holen sie ihren Krug. Ich werde mit ihnen warten«, beschloss er. Ihren Jungen, der die ganze Zeit schweigend bei seiner Mutter gestanden hatte, bat sie bei dem »Onkel« zu bleiben, denn sie käme gleich wieder. Walter reichte ihm die Hand, die der Junge, ein etwa fünfjähriges Knäblein, vertrauensvoll nahm. Als nach wenigen Minuten die Mutter mit einem zweiten Krug zurückkam, kannte Högner bereits ihre Biografie. Der Junge hieß Hans Bertram, sein Vater war gefallen und Mutter lebt seitdem mit ihm allein. Auch, dass Mutti Monika heißt, hatte ihm der Bub erzählt. Nicht ganz ernst gemeint, schalt sie ihren Jungen, nicht alles zu erzählen, das würde Fremde doch nicht interessieren. Hier widersprach Högner und meinte, dass Monika ein sehr schöner Name sei, der gut zu ihr passe. In kurzen Worten stellte er sich vor und kam zu der Feststellung, dass sie ja beide verwitwet seien. Als sie dann endlich ihre Wurstbrühe für zweiundsechzig Pfennige erhalten hatten, lud Monika ihn am kommenden Sonntag ein. Er solle doch bis dahin seine Tochter aus dem Heim holen. Sie könne doch auch auf sie aufpassen. Am Sonntag erschien Walter vorerst noch ohne Johanna.

Nachdem Monika auf dem Standesamt erstmals mit Högner unterschrieben hatte, wurden sie vor dem Haus mit einer handvoll Pfennigen überschüttet. Die mattgrauen Reichspfennige waren inzwischen den silbrig glänzenden Pfennigen aus Aluminium gewichen. Auf fremde Blumenstreukinder hatten Monika und Walter verzichtet. Waren doch ihre Kinder bestens prädestiniert. Für die jung Verheirateten schien das Glück vollkommen. Durch Tausch bekamen sie rasch eine gut erhaltene Drei-Zimmer-Altbauwohnung in der Südvorstadt. Johanna war kurz vor der Trauung von ihrem Vater aus dem Heim in seine neue Familie geholt worden. Das knapp vierjährige Mädchen fasste sofort Vertrauen zu seiner neuen Mama. Hans fand seinen neuen Papa auch ganz in Ordnung. An ihr Miteinander mussten sich die Kinder erst gewöhnen. Hans, inzwischen ein Schuljunge und als Einzelkind, Johanna als Heimkind aufgewachsen, lagen des Öfteren im Clinch.

IV

»Über allen Gipfeln
ist Ruh,
in allen Wipfeln
spürest du
kaum einen Hauch;
die Vögelein schweigen im Walde.
Warte nur, balde
vögelst du auch.«

Ohne eine Miene zu verziehen, nahm Werner Fink in seiner Schulbank Platz. Nach wenigen Schweigesekunden setzte ein Kichern ein. Einige Begriffsstutzige fragten ihren Nachbarn oder ihren Vorder- oder Hintermann, was denn damit gemeint sei. Der Deutschlehrer, Herr Wohlfahrt, schmiss das Klassenbuch wütend auf den Tisch dass es krachte, sprach von Verunglimpfung des klassischen Erbes und versprach ein Nachspiel. Er werde einen Direktorentadel beantragen. Mit einem Taschentuch fuhr er sich über das Gesicht, um seine Empörung auch optisch Ausdruck zu verleihen. Akustisch war seine Reaktion auf die Entstellung der Goetheschen Verse bereits deutlich geworden. Dabei sollte sich, was Unmoral betrifft, Wohlfahrt eher an der eigenen Nase zupfen. Nicht nur, dass es wiederholt Vorkomm-

nisse mit Schülerinnen der oberen Klassen und auch
jungen Kolleginnen gegeben hat und noch gibt, sondern auch eine erlesene Sammlung so genannter
Liebhaberfotos nannte er sein Eigen. Was Herr
Wohlfahrt diskret als Liebhaberfotos umschreibt,
nennt die Sittenpolizei schlichtweg Pornographie.
Die Masse der Bilder stammte aus Wehrmachts-
bordellen. Neben erworbenen Fotos zählen auch
selbst geschossene Schnappschüsse zur Sammlung.
Aber all das wurde der Klasse erst später bekannt, als
dieser Pädagoge aus dem Schuldienst entfernt werden musste, weil ihn eine junge Lehrerin, die von
ihm schwanger war, verklagte und auch Anzeigen
wegen Heiratsschwindel gegen Wohlfahrt vorlagen.
Die Zwielichtigkeit des Lehrers verhinderte aber
nicht, dass Werner im Vorzimmer des Löwen – oder
sollte man besser sagen der Löwin – auf sein Diszi-
plinarverfahren wartete. Er wurde hereingerufen.
Gertrud Schinkel oder »die Schinkel«, wie die
SchülerInnen ihre Direktorin kurz nannten, saß hinter ihrem Schreibtisch. Sie trug eine stirnfreie Frisur.
Die Haare waren kurz und ungefärbt. Graue Strähnen
und zum Teil weiße Fäden durchzogen das Haar der
erst Zweiundvierzigjährigen. Der einzige Schmuck
an ihrem dunkelblauen Kostüm war das Parteiabzeichen am Revers. Am rechten Ringfinger glänz-
te der Doppelring. Die Herrenarmbanduhr am linken
Handgelenk war auch nicht dazu angetan, ihr eine
frauliche Note zu verleihen. Sie war ein Erb- und
Erinnerungsstück ihres verstorbenen Mannes. Die
Stirn war faltenfrei. Auch jetzt, wo sie Unmut erkennen ließ, zeigten sich keine Falten. Werner deutete es
als ein Zeichen von großer Selbstdisziplin. Disziplin
verlangte sie von allen MitarbeiternInnen und den
SchülernInnen. Man hatte Respekt, manche sogar

Angst vor der Direktorin. Beliebt war sie nicht. Dass sie und ihr inzwischen verstorbener Mann drei Jahre in einem Konzentrationslager gesessen hatten war ebenso bekannt, wie die Tatsache, dass der Sohn in sowjetischer Kriegsgefangenschaft umgekommen war. Sie ließ gegenüber ihren Mitmenschen keinen Zweifel aufkommen, Kommunistin zu sein. Im Gegensatz zu anderen Parteimitgliedern wirkte sie zu mindestens glaubwürdig.

Werner war mit ihr allein im Zimmer. Die immer prall gefüllte Aktentasche stand neben ihr auf dem Schreibtisch. Nachdem sie ein Schriftstück in dieser verstaut hatte, schaute sie zu Werner hoch: »Wie war das?« Dann zitierte sie noch einmal die letzten beiden Zeilen. Obwohl sie den Kopf dabei verneinend schüttelte, überzog ein Schmunzeln ihr Gesicht.

»Wenn Sie sich schon zum Dichter berufen fühlen, dann schaffen Sie bitte eigene Werke aber lassen Sie die Klassiker in Ruhe. Haben Sie das verstanden, Werner?« Ohne ihm eine Gelegenheit zum Antworten zu geben, fuhr sie fort:»Bis zum Abitur ist es noch ein halbes Jahr. Man verlangt von mir, Ihnen einen Direktorenverweis zu erteilen. Warum reißt ihr mit eurem Hintern immer wieder ein, was ihr euch mühsam aufgebaut habt? Denken Sie daran, Werner, das Abitur ist eine R e i f e prüfung. Ob Ihre Rezitation etwas mit menschlicher Reife zu tun hat, lasse ich dahingestellt sein. Ich werde Ihren Klassenleiter ersuchen, Ihnen einen Klassenleitertadel zu erteilen. Was macht Ihre Patenarbeit?« Mit dieser Frage wechselte sie abrupt das Thema. Werner, der die FDJ-Gruppe einer neunten Klasse betreute, berichtete über seine letzten Aktivitäten, machte aber darauf aufmerksam, dass die Abiturvorbereitungen einen allmählichen Rückzug aus der Patenarbeit verlangen.

»Ich werde mir die Klasse demnächst einmal vornehmen. Merke ich, dass Sie eine gute FDJ-Arbeit geleistet haben, lasse ich den Klassenleitertadel streichen.«

»Wie war es?«, fragte man Werner in der Klasse.

»Sie hat die beiden Schlusszeilen noch einmal zitiert und dabei gelächelt. Statt Direktorenverweis gibt es nur einen Klassenleitertadel.« Dass die Direktorin auf ihr Disziplinarrecht verzichtete und sich auch noch belustigt zeigte, erstaunte alle. Niemand konnte sich so richtig daran erinnern, dass die Frau jemals gelacht oder zumindest gelächelt hätte und dann ausgerechnet bei dieser Frivolität.

»Mit der Konstanten klein-h hat Planck, den wir getrost als Vater der Quantenphysik bezeichnen dürfen, eine Größe definiert, die der Einsteinschen Formel, was ihre epochale Bedeutung betrifft, in nichts nachsteht. Klein-h ist gleich sechs Komma sechs zwo sechs, mal zehn hoch Minus siebenundzwanzig Ergsekunden. Ich hoffe, meine Damen und Herren, Ihr mathematisches Abstraktionsvermögen ist so ausgeprägt, dass sie den Versuch, sich die Größe dieser Zahl vorzustellen, gar nicht erst unternehmen. Die Quantenphysik steckt auch heute noch in den Kinderschuhen und Ihrer Generation wird es vorbehalten sein, dass sie diesen entwächst. Ich danke Ihnen.«

Das obligatorische Klopfen mit den Fingerknöcheln setzte ein. Die Tischchen im Hörsaalgestühl wurden heruntergeklappt und etwa zweihundertfünfzig StudentenInnen schickten sich an, das Auditorium Maximum zu verlassen. Im Pulk schwamm Werner Fink langsam mit hinaus und strebte dem Fahrradständer zu.

»Wann bekommen wir wieder die schmackhaften Kuchenränder?«, fragte eine Stimme hinter ihm. Einige lachten. Werner antwortete mit einem kurzem »bald« und radelte davon. Seine Beziehung zu der etwas älteren Bäckerstochter wurde von seinen Kommilitonen äußerst wohlwollend aufgenommen. Auch heute, acht Jahre nach Kriegsende, war die Rationierung noch nicht aufgehoben und somit bedeuteten diese Gaben aus dem elterlichen Laden seines Mädchens für Werner und seine Freunde eine echte Bereicherung ihres studentischen Speisezettels. Weder Werners Freunde noch Bäckermeister Kunze glaubten an den Bestand dieser Beziehung. Ein studierter Schwiegersohn passte so gar nicht in die Vor-stellung, die er sich über die Zukunft seiner Tochter machte. Aber als vor einem Jahr dieses junge Bürschchen das erste Mal in den Laden kam, schien es bei Dagmar sofort gefunkt zu haben. Mit ihren siebenundzwanzig Jahren hatte sie schon zwei Enttäuschungen hinter sich. Ihr erster Freund war im Krieg geblieben. Dann wollten die Eltern sie mit dem Sohn eines Bäckers verkuppeln, was aber schief ging. Und nun hatte sie ihr Herz an den acht Jahre jüngeren Studenten verloren. Mutter Kunze war auch erst skeptisch, aber offensichtlich fand der schlaksige junge Mann Gefallen an ihrer zur Fülle neigenden Tochter. So hatte ihr Dagmar einmal gestanden, dass sich Werner in ihr, wie er sich ausdrückte, sehr wohl fühle. Auch dass Dagmar mit diesem Mann zusammen schlief, ohne ans Heiraten zu denken, war für die Eltern gewöhnungsbedürftig.

Auf die Frage, was denn einmal aus dem Geschäft werden solle, antwortete Dagmar: »Wenn ich mal heirate, dann einen Mann aber nicht euren Laden. Ich kann das Geschäft auch mit einem Gesellen weiterführen, der nicht mein Ehemann, sondern mein Angestellter ist.«

In der Woche wohnte Werner fast täglich in Dagmars Zimmerchen über dem Geschäft. War es doch hier in der Südvorstadt wesentlich bequemer, um zur Hochschule zu gelangen, als aus der elterlichen Wohnung in der Neustadt. Hilde Fink hatte eine schlaflose Nacht, als Werner seinen Eltern ankündigte, Dagmar einmal vorzustellen. Der Besuch selber verlief vergnüglich und unkompliziert, was Dagmars Charakter zu verdanken war. Die soziale Kombination, Student und spätere Ingenieur auf der einen, Handwerkertochter auf der anderen Seite war in den Augen der Finks kein Thema. Bedenklicher fanden sie den Altersunterschied von acht Jahren. »Wollen wir den jungen Leuten dreinreden? Es ist ihr Leben«, meinte Vater Fink. Werners Mutter hatte Dagmar lieb gewonnen, war aber in ihrem Innersten erstaunt über die Wahl des Sohnes. »Kenne sich einer in den Männern aus«, dachte sie im Stillen.

Es war ein verrückter Tag, dieser Mittwoch, der siebzehnte Juni, mit Arbeitsniederlegung und einem Streikaufruf im Betrieb. Jetzt saß Walter Högner mit Tochter Johanna in der Straßenbahn. Er hatte es eilig. Seine Frau war krank und was der Junge an so einem Tag anstellt, war ungewiss. Kurz vor dem Hauptbahnhof hielt die Straßenbahn. »Alles aussteigen!«, riefen Fahrer und Schaffnerin im Chor. Der Fahrer nahm demonstrativ seine Kurbel und verließ den Führerstand. Kopfschüttelnd und zum Teil wütend stiegen die Fahrgäste aus. Auch Walter war nicht gerade begeistert, die restlichen zwei Kilometer bis nach Hause laufen zu müssen. Je näher er dem Bahnhof kam, desto dichter wurde die Menschenmenge.

Ein sonores Brummen lag in der Luft, das in Högner unangenehme Erinnerungen weckte. »Wo habe ich dieses Motorengeräusch schon einmal gehört?«, überlegte er. In das Brummen mischte sich ein quietschendes Geräusch. Jetzt fiel es auch ihm wieder ein, noch ehe er den Ersten zu Gesicht bekommen hatte. Dieses Geräusch kannte er aus dem Krieg, wenn Panzer zum Einsatz kamen. Auf der Wiener Straße sah er, in eine Staubwolke gehüllt, drei T 34 langsam aus östlicher Richtung näher kommen. Ohrenbetäubend fielen sie über den Bahnhofsvorplatz her. Walter hatte im Krieg an der Westfront gekämpft und kannte daher die russischen Panzer nur von Bildern. Nun schloss sich, acht Jahre nach Kriegsende, auch diese Bildungslücke für ihn. Er presste seine Tochter an sich und rührte sich nicht. Der Faszination dieses Anblicks konnte oder wollte er sich nicht entziehen. »Was ist das?«, fragte das Mädchen ängstlich. Walter beruhigte sie. Erst als ein Panzer seinen Turm auf die aus dem Stadtzentrum heranrückende Demonstranten richtete, war es mit seiner Beherrschung vorbei. Er packte Johanna und rannte auf die Bahnunterführung zu, die einzige Verbindung in den Süden der Stadt. Bald schlossen sich Hunderte an, die, wie er, nach Hause wollten. Die Panzer blieben stehen und ließen die Fliehenden passieren. Keiner machte Anstalten, die Panzer anzugreifen.

An der Technischen Hochschule kam ihnen ein Demonstrationszug der Studenten entgegen, die ins Stadtzentrum wollten. Von der Gegenbewegung gebremst, verlangsamten die Demonstranten ihr Tempo und kam zum Stehen. Walter warnte die Studenten vor den Panzern am Bahnhof. Unter den Demonstrierenden war auch Werner Fink. Er hörte sich Högners Warnung an und schaute dabei auf das

Mädchen an dessen Seite. Beide hielten stumme Zwiesprache. Werner beugte sich herunter: »Weißt du was? Ich werde dich auf meine Schultern nehmen und als unseren Talisman vorantragen.« Johanna schmiegte sich ängstlich an ihren Vater. Werner bückte sich, streichelte ihr über den Kopf und sagte: »Wenn du groß bist, gibt es hoffentlich keine Panzer mehr, die Menschen auseinander treiben. Drück uns die Daumen, Mädchen!« Dabei machte er mit beiden Fäusten die dazugehörige Geste. Johanna freute sich darüber und machte es ihm nach. Die Umstehenden lachten. Einer rief: »Bravo, nun kann nichts mehr schief gehen.« Der Demonstrationszug zog weiter in Richtung Innenstadt.

Johanna und Werner waren sich das zweite Mal in ihrem Leben begegnet.

Die Disziplinarkommission hatte entschieden. Werner Fink durfte sein Studium an der Technischen Hochschule in Dresden fortsetzen. Seine Gefühle waren zwiespältig, als er davon erfuhr. Nachdem er noch in der Nacht des siebzehnten Juni verhaftet und eingesperrt wurde, hatte er nach der Freilassung spontan seinen Fluchtkoffer gepackt und wollte in den Westen. Doch hier waren die Freunde und Dagmar. Sie machte ihm unmissverständlich klar, dass sie ihre Eltern und das Geschäft nicht im Stich lassen werde. Die nächsten Tage und vor allem Nächte an Dagmars Seite beruhigten seine aufgepeitschten Nerven.

»Aber eins sage ich dir: wenn sie mich feuern oder den Prozess machen wollen, gehe ich.« »Dann hättest du auch einen Grund«, erwiderte Dagmar. »Dann, aber nur dann würde ich dir vielleicht folgen und an deiner Seite bleiben.« Dabei griff sie über den

Frühstückstisch hinweg nach seiner Hand und sah ihm in die Augen.

Nun war es entschieden, er durfte bleiben und, eingedenk dem Versprechen gegenüber Dagmar, musste er bleiben. Einige seiner Mitstreiter waren gegangen und hatten das Ende der Untersuchung nicht abgewartet. Dabei musste Werner Vorwürfe, wie, er hänge an einem Weiberrock fest und habe die politische Dimension völlig aus den Augen verloren, über sich ergehen lassen.

Weniger spektakulär verliefen die Tage und Wochen danach für Johanna. Die großen Ferien begannen und die ganze Familie fuhr in die Sommerfrische ins Osterzgebirge. In einem kleinen Häuschen mit dem Dutzendnamen Waldblick hatten sie zwei Zimmerchen gemietet. Ihr großer (Stief)bruder brachte ihr das Schwimmen bei. An weniger heißen Tagen warteten Heidelbeeren darauf, von den Kindern gepflückt zu werden. Und zweimal in der Woche brachte das Dorfkino nachmittags Kinder- oder solche Filme, die für Kinder nicht ausdrücklich ungeeignet waren. Wenn die Eltern und Hans keine Zeit für sie hatten, spielte sie mit den Mädchen aus der Nachbarschaft. Eher durch Zufall hatten sich die jüngsten politischen Ereignisse auch in der hinterwäldlerischen Einsamkeit herumgesprochen und die Mädchen befragten die Sommerfrischlerin aus der Großstadt.

»Ich war mit meinem Vater dabei, als die Panzer kamen. Dabei habe ich meinen Freund, der ist schon groß, kennen gelernt.« Mit diesen Worten schwadronierte Johanna gegenüber ihren Freundinnen aus dem Gebirgsdorf. Tatsächlich hatte der Student mit seinem Daumendrücken einen nachhaltigen Eindruck bei Johanna hinterlassen. »Er ist Student.

Wenn ich groß bin, heirate ich ihn vielleicht.« Mit diesen Worten setzte sie noch eins drauf. Während die kleinen Mädchen große Augen machten, erwiderten die Älteren: »Er hat bestimmt schon eine Freundin und braucht dich nicht.« Die Mädchen stritten noch eine Weile hin und her aber von ihrer fixen Idee ließ sich Johanna letztlich nicht abbringen, ohne dabei nun in Liebeskummer zu verfallen. Die zahlreichen Abenteuer des Urlaubs ließen dieses Problem in den Hintergrund treten. Aber später, wieder in Dresden, befragte sie ihren Vater hin und wieder nach diesem jungen Mann, was dieser, leicht belustigt, zur Kenntnis nahm.

V

Was die wenigsten aus Werner Finks Umfeld für möglich gehalten hatten, Werner machte Hochzeit und heiratete die Bäckerstochter. Er hatte sein Studium erfolgreich abgeschlossen und Arbeit in seiner Heimatstadt Dresden bekommen. Nur mit einer eigenen Wohnung sah es in der verwundeten Stadt nach wie vor schlecht aus. Wenn überhaupt jemand Anspruch auf eine Wohnung hatte, dann Ehepaare mit Kind(ern). Und so blieb Dagmars Dachstübchen über der Bäckerei erst einmal das Zuhause der Jungvermählten. Ihre Hochzeitsreise führte sie nach Schweden. Diese nicht ganz billige Reise hatte der Bäckermeister seinen Kindern spendiert. Dagmar und Werner wanderten durch Schwedens Wälder und bummelten durch die Städte. Ihr Glück war allgegenwärtig. Ihr verstehendes Miteinander brauchte nicht viele Worte. Die Eindrücke, die dieser Urlaub hinterließ, waren zwiespältig. War es die

23

herbe Schönheit der Landschaft, die sich doch deutlich von der deutschen unterschied oder war es die Situation in einem Land, das seit über hundert Jahren keinen Krieg mehr geführt hat? Wenn ihr Kronenbudget nicht so schmal gewesen wäre, hätte Dagmar den ganzen Tag einkaufen können. Keine Rationierung, kein Mangel. Dieses Bild hinterließ Spuren in den Köpfen der beiden Hochzeitsreisenden und machte die Auswahl eines Mitbringsels für die Eltern so schwer.

Obwohl es gerade kurz nach zehn Uhr war, entstiegen an diesem Sonntagmorgen etliche Fahrgäste der Straßenbahn am Postplatz. Die einen strömten ins Schauspielhaus zu einer der üblichen Matineen, die anderen zur Baustelle in den gegenüberliegenden Zwinger. Unter ihnen auch Johanna mit ihren Eltern und großem Bruder. Der Führer, ein Bauingenieur machte seinem Publikum sehr schnell klar, dass diese Baustelle im Herzen Dresdens seine ganze Liebe gehört. Er schwärmte vom Glockenspiel des Wallpavillons, das bald wieder erklingen soll und von den sommerlichen Abendkonzerten im gegenüber liegenden Nymphenbad, die den älteren Dresdnern noch in Erinnerung sind. Beim Wiederaufbau des Kronentores war man nur auf Fotografien angewiesen, da die Baupläne nicht mehr auffindbar waren. Erst Jahre nach der Fertigstellung hatte man die Pläne vom Kronentor gefunden und festgestellt, dass die Abweichungen lediglich im Millimeterbereich lagen. Dann wandte er sich der eingerüsteten Sempergalerie an der Ostseite, dem größten »Brocken« der Zwingerbaustelle zu. »Mit der Sempergalerie schließen wir nicht nur das Zwingerareal, sondern eröffnen zugleich die Baustelle Theaterplatz mit der Semperoper im Mittelpunkt, deren Wiederaufbau noch viel Zeit und Geduld erfordern wird.« Damit endete die Zwingerführung und dem Publikum war es freigestellt, Fragen an ihn zu richten. Ein junger Mann meldete sich mit einer etwas bissigen Bemerkung zu Wort:

»Warum bauen wir die Sempergalerie überhaupt auf? Früher hingen die Bilder der Dresdner Gemäldegalerie darin. Was wollen wir nach der Fertigstellung hineinhängen?« Der Bauingenieur blickte auf und erwiderte: »Die Bilder kommen wieder, das ist beschlossene Sache.« Ungläubiges Staunen bei den Umstehenden. Waren doch die nach Kriegsende in die Sowjetunion verbrachten Bilder ein politisches Tabuthema. Der Fragesteller schüttelte den Kopf und hakte nach, warum solche Vorhaben nicht längst bekannt gemacht würden.

»Gegenwärtig werden die restaurierten Bilder in der Eremitage in Leningrad ausgestellt. Ich versichere Ihnen, wenn wir hier mit Bauen fertig sind und die Bilder Einzug halten können, läuft die Propagandamaschine an. Wir haben jetzt Herbst neunzehnhundertfünfundfünfzig. Ich schätze, in einem Jahr kann die Eröffnung stattfinden«, fügte der Baustellenführer ergänzend hinzu.

Johanna hatte sich das Zwiegespräch aufmerksam angehört und war dabei auf den Fragesteller aufmerksam geworden. Sie erkannte in ihm ihren Freund, der ihr vor zwei Jahren das Daumendrücken gezeigt hatte. Ihr missfiel nur, dass er heute nicht allein war, sondern eine etwas dralle Frau an seiner Seite hatte. Johanna konnte nicht an sich halten und sagte laut: »Ich drücke die Daumen.« Werner Fink, der die Diskussion entfacht hatte, schaute auf das Mädchen und überlegte, wo er ihr schon einmal begegnet war, konnte sich aber beim besten Willen

nicht an den siebzehnten Juni vor zwei Jahren erinnern. Auf dem Heimweg fiel Dagmar das plötzliche Schweigen Werners auf. Danach befragt, erklärte Werner, dass er dem Mädchen schon einmal begegnet war. Dagmar schüttelte den Kopf und meinte befremdet:
»Seit wann interessierst du dich für kleine Mädchen? Das ist doch nicht normal!« Werner wechselte das Thema.
»Weißt du Papa wer der Mann im Zwinger war, der nach den Bildern gefragt hat? Das war der Student, dem ich die Daumen drücken sollte, damals, als die Panzer kamen.« Walter Högner drehte sich erschrocken um, ob etwa jemand Fremdes das Gesagte gehört haben könnte. Zwei Tabuthemen auf einmal an diesem Sonntag. Zum einen die gestohlenen Bilder und zum Zweiten der missglückte Aufstand. Seiner Tochter gegen über meinte er nur ausweichend, dass es eine interessante Frage war und man heute wieder etwas gelernt habe. Die Bemerkung seiner Tochter, dass die dicke Frau an dessen Seite nicht zu ihm passe, quittierte er mit einem verwunderten Kopfschütteln. »Du willst ihn wohl heiraten?«, meinte ihr Vater.
»Wenn ich groß bin, warum nicht?«, meinte Johanna ausweichend. Das war die dritte Begegnung zwischen Johanna und Werner.

Langsam wurde es dunkel im Kinosaal und das vorwiegend jugendliche Publikum konzentrierte sich zunehmend auf das Geschehen auf der Leinwand. Der DEFA-Film *Fünf Tage, fünf Nächte* wurde den Mädchen und Jungen der achten Klassen, die sich auf die Jugendweihe vorbereiteten, gezeigt. Gerade für die Jugendlichen in Dresden war der Streifen von

Interesse. Schilderte er doch ein Ereignis aus ihrer Heimatstadt, das sich wenige Tage nach Kriegsende im Mai neunzehnhundertfünfundvierzig, von den meisten ihrer Eltern unbemerkt, ereignet hatte. Die Stadt am Elbestrom war verwüstet und vom Feind besetzt. Hoffnungslosigkeit und Resignation waren an der Tagesordnung. Wie es in den Köpfen der Sieger aussah, wusste auch niemand so genau. Nur eine kleine Gruppe um eine sowjetische Majorin hatte sehr konkrete Vorstellungen von ihrem (Kampf)auftrag in den nächsten Wochen. Es galt, die Bilder der Dresdner Gemäldegalerie, die die sächsischen Fürsten vor Jahrhunderten erworben hatten, ausfindig zu machen. Nach neunzig Minuten Spielzeit waren die Bilder gefunden und nach Erste-Hilfe-Maßnahmen für den Abtransport in die Sowjetunion bereit. Natürlich lief nicht alles glatt. Ein paar Schießereien und auch Tote brachten wohldosierte Spannung in das Geschehen.

»Wenn ihr hier wieder alles aufgebaut habt, bekommt ihr die Bilder zurück«, versprachen die Offiziere des Beutekunstkommandos ihren deutschen Helfern. Mit dieser Aussage disqualifizierte sich der Film zu einem Propagandastreifen. Das machte auch Johannas Lehrer seiner Klasse unverblümt deutlich, als er den Film kritisierte:

»Es ist nicht falsch von der R e t t u n g der Dresdner Gemäldegalerie durch die Sowjetarmee zu sprechen, wenn man gesehen hat, wie unzulänglich die Bilder in den Höhlen bei Pirna und in Pockau-Lengefeld untergebracht waren. Aber das am Ende des Films gegebene Versprechen war schlichtweg Geschichtsklitterung. Bis zur Rückkehr der Bilder neunzehnhundertsechsundfünfzig, war das Ganze ein Ereignis, über das nicht gesprochen wurde. Ich bezweifle, dass selbst sowjetische Regierungsstellen damals genau wussten, wie es mit den Bildern weitergehen wird, weil das Schicksal des besiegten Deutschlands noch völlig offen war.«

»Ein mutiger Mann, euer Lehrer«, meinte Johannas Vater, als sie ihm vom Verlauf der Jugendstunde erzählte. Widersprach doch diese Interpretation des Filmes der offiziellen kulturpolitischen Sprachregelung.

Während Johanna mit ihren KlassenkameradenInnen in festlicher Kleidung ihre Jugendweihe empfing, teilte der Oberarzt Frau Dagmar Fink mit, dass sie nach ihrer Fehlgeburt keine Kinder mehr bekommen könne, was in ihrem Alter ohnehin nicht ratsam wäre. Eine Schwester verabreichte ihr ein Beruhigungsmittel. Bis zur Besuchszeit am Nachmittag hatte sich Dagmar dann soweit gefasst, dass sie Werner alles sagen konnte: »Ich kann keine Kinder mehr bekommen. Wenn du welche möchtest, dann müssen wir uns trennen.« Mit diesen Worten empfing sie Werner zur sonntäglichen Besuchszeit. Wortlos nahm er sie in die Arme und küsste sie. Er spürte das Salz ihrer Tränen auf seinen Lippen.
Unter weniger dramatischen Umständen bekam Johanna an diesem Sonntagnachmittag ihren ersten Kuss. Sie war nach dem Kaffeetrinken bei einer Schulfreundin, um dort weiterzufeiern. Im Garten beim Spaziergang nahm deren großer Bruder sie in seine Arme, legte eine Hand auf ihre Brust und küsste sie. Obwohl ihr das nicht direkt unangenehm war, schlug sie ihm doch auf die Finger: »Lass das!« Der Junge wurde rot. Nun freute sich Johanna, dass auch sie ihn verunsichern konnte.

VI

»... hat sich die Regierung der Deutschen Demokratischen Republik in Abstimmung mit den Warschauer Vertragsstaaten entschlossen, die Sicherung der Staatsgrenze zu Westberlin und zur BRD selbst in die Hand zu nehmen. ...«

»Bla, bla, bla«, meinte Werner und drehte das Radio aus. Er wollte hier an der Ostsee in einem Ferienheim der Handwerkskammer nicht mit politischen Tagesereignissen konfrontiert werden. »Weißt du was das heißt?«, entgegnete Dagmar und kommentierte das Gehörte:

»Die machen die Grenze dicht. Ohne Ausweis oder Visa kommt keiner mehr rüber. Sechzehn Millionen Menschen werden eingesperrt, damit sie der selbsternannten Regierung nicht davonlaufen.« So richtig hatte Werner die Konsequenzen, die ihm seine Frau vortrug, noch nicht verinnerlicht. Er wollte sich den Urlaub auch nicht vermiesen lassen. Wie es Vater – Kunze geschafft hat, in der Hauptsaison einem kinderlosen Ehepaar diesen Seeurlaub zu verschaffen, blieb ihm ein Rätsel. Dagmar hatte sich nach dem deprimierenden Erleben aufgerichtet und ihr gemeinsames Leben neu ausgerichtet. Verhütungsprobleme, beziehungsweise gegenteilige Aktivitäten belasteten ihr beiderseitiges Intimleben nicht mehr. Dagmar gelang es auch, an Schaufenstern von Kinderausstattern vorbeizugehen und Spielwarenläden links liegen zu lassen. In Werner sah es etwas anders aus. Für einen Mann seines Alters ist es problematisch, sich an den Gedanken zu gewöhnen, keiner Vaterschaft entgegen zu sehen, zumal Dagmar an einer möglichen Adoption kein Interesse zeigt. Ab und zu fragte er sich, wenn er mit Dagmar nachts am

Strand entlang ging und sie sich dabei leidenschaftlich umarmten, ob er denn sein ganzes sexuelles Können nur dieser einen Frau widmen müsse. Ihre Leidenschaft, die sie in seinen Armen oder wenn man so will, er zwischen ihren Beinen auslebte, betrachtete er als Kompliment und Gütesiegel bezüglich seines Umganges mit Frauen.

Johanna war mit ihrer Oberschulklasse an der Ostsee zelten. Der Zeltplatz lag nur zwei Kilometer vom Handwerkerheim entfernt. Die Nachricht von der Grenzschließung heute, am Sonntag, dem dreizehnten schlug wie eine Bombe ein.

»Klaus hat es noch geschafft«, stellte die Klasse erleichtert fest. Klaus, ein Klassenkamerad war im Juli mit seinen Eltern in den Urlaub ins Rheinland gefahren und wollte dann nachkommen. Statt Klaus traf vorige Woche eine Postkarte mit dem Bild vom Kölner Dom ein. Seine Eltern hatten sich entschlossen, drüben zu bleiben und er könne deshalb nicht mehr am Zeltlager teilnehmen.

Im Strandhotel war Tanzabend. Nicht nur die Hotelgäste und Urlauber der benachbarten Ferienheime waren gekommen, sondern auch die Jugend vom zwei Kilometer entfernten Zeltplatz hatte sich eingefunden. Die Stimmung war gut, denn die Kapelle hielt sich nicht an die AWA-Kriterien. Gemeint sind die urheberrechtlich bedingten Auflagen, nur einen bestimmten Anteil von Schlagertiteln aus dem Ausland, einschließlich der Bundesrepublik zu spielen. Es war warm und es wurde dementsprechend viel getrunken. Der Veranstalter hatte es so organisiert, dass nur das Essen serviert wurde. Getränke musste jeder in Selbstbedienung an der Theke abholen.

Werner und Dagmar Fink waren mit einem Ehepaar, das sie hier kennen gelernt hatten, zum Tanzen gekommen. Auch an ihrem Vierertisch war der Durst groß. Werner schickte sich an, eine neue Runde zu holen. Die Männer blieben beim Bier, während ihre Frauen Weißwein tranken und dabei bemüht waren, mit den Männern mitzuhalten. Peter und Petra, ihre Ferienbekanntschaft, hatten sie gleich am zweiten Urlaubstag kennen gelernt. Sie betrieben eine Tischlerei in Freiberg als Familienunternehmen. Auch Petra war Tischlerin und fasste mit zu, wenn Not am Manne war. Werner, Ingenieur und Nichthandwerker, war so zusagen Außenseiter und hatte sich mit dem elfjährigen Sohn der Beiden angefreundet. Gerade diese Mischung aus Bäcker, Tischler, Ingenieur und Schüler gaben der Bekanntschaft ihren Reiz.

Auf dem Weg zur Theke blieb Werner an einem Stuhlbein hängen und hätte beinahe mit den Gläsern, glücklicher Weise waren sie leer, eine Bauchlandung gemacht. Als er dabei nach unten schaute, entdeckte er einen Personalausweis. Er hob ihn auf und sah hinein. Das hübsche Gesicht eines jungen Mädchens schaute ihm lächelnd entgegen. Der Ausweis war unterschrieben mit *Johanna Högner*. Werner zuckte zusammen, stellte seine Gläser ab und sah sich suchend im Saal um. Da kamen auch schon zwei Mädchen aufgeregt daher. Die eine fragte nach einem gefundenen Personalausweis, was der Mann an der Theke verneinte. Eindeutig, sie war es. Werner trat an sie heran, klappte den Ausweis auf und hielt ihn Johanna vor die Nase.

»Oh, danke! Sie kenne ich doch, Sie kommen aus Dresden.« Nun war es an Werner, überrascht zu sein. Woher kannte sie ihn? Sie war ein knappes Jahr alt, als sie ins Kinderheim kam. Dann erzählte sie von der Begegnung mit dem Daumendrücken und der Zwingerbesichtigung. Beide Ereignisse hatten sie so stark beeindruckt, gestand sie ihm, dass sie ihn hier gleich wieder erkannt hatte. Dann erwähnte Werner, dass er ihren Namen schon einmal gehört hatte. Neunzehnhundertfünfundvierzig, bevor sie ins Heim kam. »Dann sind Sie der Junge, der mich von meiner toten Mutter weg aus den Trümmern zog?« Ihr Gesicht wurde ernst. »So ist es, Schwesterchen. Ja ich wollte dich als kleine Schwester bei uns behalten.«

»Wo bleibst du denn?«, fragte hinter Werner eine Stimme. »Wir verdursten bald«, bemerkte Peter, der sich anschickte, den verschollenen Bierhohler ausfindig zu machen. Werner forderte Johanna auf, mit an den Tisch zu kommen. Dort angekommen mischten sich Staunen und Freude über das Wiedersehen. Auch Dagmar war gerührt, als Johanna ihr gestand, sich an sie erinnern zu können, da sie damals bei der Zwingerbegehung mit dabei war.

»Ihr seid ja richtige Königskinder!«, stellte Peter fest, als er die Geschichte der beiden hörte. »...oder soll ich sagen, Hänsel und Gretel haben sich wieder gefunden?« Alle lachten. Bevor Johanna zu ihrer Clique zurückkehrte, versprach Werner, sie einmal zu besuchen.

»Warum sagst du immer Schwesterchen zu ihr? Wenn ich das richtig mitbekommen habe, seid ihr doch gar nicht blutsverwandt.« Werner klärte Dagmar über seine geheimen Wünsche von damals auf und betonte, dass es keine verwandtschaftlichen Bindungen zwischen ihnen gäbe. Irgendwie verlor Dagmar die Nerven und reagierte leicht hysterisch: »Prima, da kannst du sie ja zu deiner Geliebten machen. Von ihr bekommst du bestimmt ein Kind!« Werner schaute sie erschrocken an und Dagmar entschuldigte sich, sie sei zu weit gegangen. Irgendwie hatte sie bei Werner »schlafende Hunde« geweckt,

wenn auch der Hund auf dieser nächtlichen Heim-
fahrt noch ein Welpe war.

Zur gleichen Zeit hatte sich Johanna auf dem Weg
zum Zeltplatz von den Übrigen getrennt. Sie wollte
erst einmal allein sein und blieb stehen, drehte sich
um und rief in Werners Richtung: »... und ich werde
dich doch heiraten!« Dabei ballte sie ihre Fäuste und
drückte die Daumen. Die Ostseewellen trugen den
Wunsch der Sechzehnjährigen in die Nacht hinaus.

»Es ist gut, mein Schatz. Kuriere dich aus«, meinte
Dagmar und gab Werner einen Abschiedskuss.
Eigentlich wollten sie heute zu fünft mit ihrer Ferienbekanntschaft eine Fahrt in die benachbarte Kreis-
stadt machen, ein Museum besuchen, einen Ein-
kaufsbummel anschließen, kurzum, all das tun, was
die Urlaubszeit ermöglicht, wenn man sich einmal
nicht in der Sonne rösten lassen kann. Werner hatte
tatsächlich eine Magenverstimmung. Die Idee, an so
einem Tag Johanna a l l e i n besuchen zu können,
gab seinem Leiden eine besondere Note. Bis zum
späten Nachmittag hatte er bestimmt seine Ruhe, ehe
die vier Ausflügler zurückkehren. Er hatte sich einen
Kamillentee gemacht und eine Kleinigkeit gegessen.
Kurz vor Mittag setzte er sich in Dagmars Skoda und
machte sich auf in Richtung Zeltplatz. Er hätte nicht
früher kommen dürfen, denn die jungen Leute ließen
sich kaum vor elf Uhr blicken. Werner wurde als gern
gesehener Gast begrüßt, denn die Vergangenheit der
beiden hatte sich in der Gruppe herumgesprochen.
Einer der Jungs meinte kess: »Gut, dass Sie damals
Johanna gefunden haben, sonst würde unserer
Klasse etwas fehlen.« Nach der gegenseitigen Be-
grüßung traten die beiden zu einem kleinen Wald-
spaziergang an. Obwohl es eigentlich viel zu erzäh-

len gab, schwiegen sie, bis Johanna anfing, mit Kienäpfeln nach Werner zu schießen. Munition war in diesem Kiefernwäldchen reichlich vorhanden. Werner blieb ihr nichts schuldig. Beide rannten los und Werner hatte Mühe, das Mädchen einzuholen. Aber seine längeren Beine und auch die Kondition siegten. Beide balgten sich. Dabei öffnete sich Johannas Bluse, die sie über der Brust verknotet hatte. Sie fielen lachend zu Boden und ihre Körper berührten sich. Sie saß rittlings auf ihm und er begann ihre Brüste zu streicheln. Ihr Lachen erstarb. Sie legte sich neben ihn und rückte an ihn heran. Werners geschwisterliche Gefühle schlugen um, als er den Körper der knapp Siebzehnjährigen spürte. Er küsste sie stürmisch. Sie ließ sich widerstandslos ausziehen. Für Johanna war es das erste Mal, dass sie sich in den Armen eines Mannes wiederfand… .

Dagmars Frage, wie es ihm gehe, beantwortete er zurückhaltend mit »besser«. Welcher Art seine Therapie an diesem Tag war, behielt er für sich. Auf den gemeinsamen Abendspaziergang mit erwartetem Beischlaf am Strand verzichtete er mit Hinweis auf seine angegriffene Gesundheit.

Am Freitagnachmittag stand Johanna mit ihrer Freundin plötzlich vor dem Ferienheim. Sie hatten sich Fahrräder ausgeliehen und waren gekommen, um Familie Fink zum Tanzabend einzuladen. Werner zügelte seine Begeisterung aber suggerierte Dagmar, dem Vorschlag der Mädchen zu folgen.

Dagmar und Petra waren gerade weggegangen, um sich frisch zu machen, als eine runde Damenwahl angekündigt wurde. Da tippte auch schon jemand Werner auf die Schulter: »Darf ich bitten?« Das erste Mal tanzten sie gemeinsam. Dabei stellten sie fest, dass zwei Menschen erst tanzen und sich dann liebten.

Sie hatten es pikanter Weise umgekehrt gemacht. Als sie außer Sichtweite von Werners Tisch waren, schmiegten sie sich aneinander. Sie flüsterte ihm ins Ohr, dass sie ihn liebe. »Ich dich auch«, entfuhr es ihm. Er war überrascht, wie leicht ihm dieses Geständnis fiel. Als der Tanz zu Ende war, versprachen sie sich, sich in Dresden unbedingt wiederzusehen. Dann geleitete er sie zu ihrem Tisch. Es war Tanzpause.

Wieder in Dresden stand für Johanna das elfte Schuljahr vor der Tür. Neue Lehrbücher, ein neuer Lehrer, all das machte die Trennung von Werner weniger schmerzlich, zumal sie befürchtete, dass ihr gemeinsames Miteinander nicht ohne Folgen bleiben würde. Mit zwei Tagen Verspätung kam ihre Regel und diese Sorge war vom Tisch – vorerst. »Was wäre wenn?«, dachte sie. Jetzt, als Oberschülerin, ein Kind von einem verheirateten Mann. Das wäre eigentlich das Letzte, was sie gebrauchen könnte. Andererseits, hatte sie sich nicht vorgenommen, den Mann zu heiraten? Schade, dass Hans, ihr großer (Stief)bruder nicht da ist. Mit ihm konnte sie immer reden. Er war wirklich wie ein Bruder zu ihr. Obwohl sie nicht blutsverwandt sind, hat er in ihr immer nur die Schwester gesehen und nie eine Frau. Hans hatte sich freiwillig zur Fahne gemeldet, wie man hierzulande den Militärdienst nennt. Wie es sich für einen zünftigen Sachsen gehört, ist er zur Marine gegangen. So sinngemäß hat es ihr Vater ausgedrückt, als Hans von seinem Entschluss erzählte. Im Radio dudelten ein paar Schlager. Sie hatte einen Sender gefunden mit nicht ganz störungsfreiem Empfang, den nicht zu hören sie sich in der Schule unterschriftlich verpflichten musste. Sie nahm ihr Briefpapier hervor und schrieb.

Dresden, den 3. September 1961
Lieber Hans!

Die Ferien sind zu Ende und der Sommer war ziemlich aufregend. Ich habe im Urlaub den Mann getroffen, der mich seinerzeit aus den Trümmern gezogen hat. Er wohnt auch in Dresden, gar nicht weit von uns. Es kommt noch dicker. Als er vor mir stand, habe ich ihn gleich wieder erkannt. Wir waren uns schon zweimal in Dresden begegnet, ohne zu wissen, was uns verbindet. Ich habe mich in ihn verliebt und möchte ihn heiraten. Ich glaube, er liebt mich auch. Da wäre nur die Kleinigkeit, da er noch verheiratet ist. Da steht mir noch einiges bevor.

Tschüß
Deine Jo

Das Telefon klingelte. Die Sekretärin gab ihm die Sitzungstermine der Woche durch. Die Urlaubsruhe war verflogen und der Stress hatte Werner wieder im Griff. Dabei hatte ihm der Urlaub mehr Probleme als Lösungen hinterlassen. Das erste Mal hatte er gespürt, wie es mit einer jungen, einer sehr jungen Frau sein kann. Dagmar könnte Johannas Mutter sein. Wie soll er das Wiedersehen organisieren? Telefon hatten die Högners keins. Mit dem Vorsatz, ihr morgen zu schreiben, verließ er den Betrieb in Richtung Haltestelle. Neben ihm klingelte ein Radfahrer. Ärgerlich drehte er sich um. Da stand Johanna und strahlte ihn freudig an. Sein förmliches Handgeben übersah sie. »Bekomme ich keinen Kuss?« Im Beisein der vorbeieilenden KollegenInnen war es Werner etwas peinlich, aber schließlich pfiff er auf seinen guten Ruf und begrüßte sie, wie von ihr erwartet.

»Ich lade dich und deine Eltern am Sonnabend ein. Wir gehen zu meinen Eltern, die für ein viertel Jahr deine Pflegeeltern waren. Einverstanden Schwesterchen?« Bei dem Wort Schwesterchen stupste er ihr mit dem Zeigefinger auf die Nase.

Stralsund, den 12. September 1961
Liebe Joh!

Du überraschst mich. Dein Lebensretter, Dein Liebhaber. Es ist schwer, Dir einen Rat zu geben. In Liebesdingen können Außenstehende nur bedingt Ratschläge erteilen.
Du wärest nicht die erste Frau, die einen Mann zu einer Zweitehe animiert und wirst auch nicht die letzte sein. Aber vorsichtig!
80 % aller versprochenen Zweitehen werden nicht geschlossen. Ich kenne uns Männer. Das Beharrungsvermögen, die Gewohnheit und Bequemlichkeit tragen oft den Sieg davon. Meine Unterstützung hast Du. Wenn Dein Ehemann-Freund und Du nicht wissen, wo Ihr Euch ungestört treffen könnt, über mein Zimmer könnt ihr jederzeit verfügen, so lange ich auf See bin.
Bis zu Deinem Geburtstag im November habe ich bestimmt Urlaub. Da kannst Du mir ja mal Deinen Traummann und künftigen Schwager vorstellen.

Es grüßt dich
Dein Hans

»Du bist aber groß geworden!« Johanna hätte Werners Mutter beinahe einen Vogel gezeigt. Kannte sie diese Frau doch bisher nur von Bildern. Doch dann fiel ihr ein, dass Hilde Fink unter schwierigen

37

Bedingungen einmal ihre Pflegemutter war. Sie machte sich innerlich Vorwürfe. Als Hilde sie an sich drückte, erwiderte sie diese Geste und sagte nur: »Danke.« Werner nannte bei dieser Begegnung Johanna öfters »Schwesterchen« und die Begegnung verlief in einer freundschaftlichen Atmosphäre, wie im Diplomatendeutsch Regierungstreffen des Öfteren charakterisiert werden. Nachdem alle gegangen waren meinte Frau Fink gegenüber ihrem Mann: »Meinst du nicht auch, dass dieses Mädchen viel besser zu Werner passt als Dagmar?«

»Lass Dagmar aus dem Spiel, sie ist eine patente Frau«, meinte Herbert. Ob patent sein jedoch auf Dauer genügt, um eine Ehe zu erhalten, war er sich auch nicht sicher, nachdem er Johanna wieder gesehen hatte. Er hielt die Anrede Schwesterchen, wie sie Werner gebrauchte, eher für vorgeschoben, um nichtschwesterliche Gefühle dahinter zu verbergen. Trieben die beiden ein Spiel mit ihnen und Dagmar? Werner und Johanna sind nicht blutsverwandt. Keiner kann ihnen verbieten, aus ihrer so genannten geschwisterlichen Liebe mehr zu machen. Insgeheim gab er seiner Frau Recht und spielte mit dem Gedanken, Johanna als Schwiegertöchterchen in seine Arme zu schließen und von ihr Enkel zu bekommen, die Dagmar ihm nicht geben kann.

VII

Der liebe Gott saß am Frühstückstisch und köpfte sein Morgenei. Er war ein alter aber gütiger Mann mit weißem Vollbart und Glatze, so wie ihn Jean Effel in seiner liebenswürdig-witzigen Zeichenserie von der Erschaffung der Welt abgebildet hat. Petrus

setzte sich dazu. »Du kommst früh immer zu spät«, tadelte der himmlische Vater. Zwei kleine Engel gossen den Männern wortlos Kaffee in ihre Tassen.
»Der heutige Tag wird in die Geschichte eingehen. Ich habe beschlossen, das Weltall entstehen zu lassen. Die Menschen werden diesen Tag einmal als Urknall bezeichnen.« »Oh, das ist fein. Da kann ich es ja endlich regnen lassen und Frau Holle kann ihre Betten ausschütteln damit es auf der Erde schneit«, meinte Petrus freudig. Gott schüttelte unwillig verneinend sein Haupt und erklärte seinem Frühstückspartner, dass erst einmal über zehn Milliarden Jahre vergehen werden, ehe er die Erde zu erschaffen gedenkt und das Wetter noch eine weiter Milliarde an Jahren warten muss, bis die Erde dafür bereit ist.
»Aber Frau Holle...«, wollte Petrus einwenden. »Verschone mich mit deiner Frau Holle! Ich muss das Ganze im Auge behalten und aufpassen, dass sich das Weltall auch optimal entwickelt und nicht nach wenigen Jahren in einem Gravitationskollaps zusammenbricht.« Dabei machte der himmlische Vater ein besorgtes Gesicht und ließ erkennen, dass ihm noch große Anstrengungen und Schwierigkeiten bevorstehen. Petrus und Gott standen vom Frühstückstisch auf und die Engel begannen abzuräumen. »Komm, ich zeige die etwas.« Gott winkte Petrus, ihm ins Arbeitszimmer zu folgen. Aus einem Schränkchen entnahm er eine Kassette und schloss sie auf. Mit einer Tiegelzange holte er ein gold schimmerndes Kügelchen in Erbsengröße hervor. »Das ist die Urmaterie. Mein Zwillingsbruder hat auch so ein Kügelchen ganz in Weiß. Darin ist die Antimaterie.« Petrus unterbrach Gott erstaunt: »Du hast einen Zwillingsbruder?«, fragte er erstaunt. »Ja, wir sehen uns sehr selten. Er ist für das Anti-

materielle, ich für das Materielle zuständig. Um das Weltall zu erschaffen, müssen wir heute zusammenarbeiten.«

»Wer ist für das Geistige verantwortlich, wo findet das seinen Platz?«, fragte Petrus. Eine Antwort erhielt er nicht, denn die Tür ging auf und der Zwillingsbruder trat ein. Behaart, mit Hörnern auf dem Kopf, bockfüßig und mit einem Schwanz angetan stand er in der Tür. Nachdem sich Gott und Teufel begrüßt hatten, trat der Teufel an Petrus heran und reichte ihm die Hand. Als er dessen erstaunten Blick sah, lächelte er hintergründig und meinte, dass sich nach so vielen, vielen Jahren auch Zwillingsbrüder allmählich unähnlich werden, wenn sie denn in so unterschiedlichen Sphären leben. Dann zog der Teufel ein weißes Kügelchen hervor, hielt es zwischen Daumen und Zeigefinger und meinte: »Wir können beginnen.« Beide Kügelchen kamen in eine Hülse. Diese wurde mit einem beweglichen Bolzen verschlossen. Ein Hammerschlag darauf ließ die Schalen der beiden Erbsen platzen und strahlendes Licht erfüllte den Raum. Die drei Männer standen da und schauten auf die sich entfaltende Sternenpracht.

»Und wann wirst du ein Geschöpf nach unserem Ebenbilde schaffen?«, fragte der Teufel. »Nach meinem Ebenbilde, nicht deinem«, erwiderte Gott und nannte einen mehrere Milliarden Jahre umfassenden Zeitraum, ohne sich festzulegen.

»Ich werde dich dabei tatkräftig unterstützen«, meinte der Teufel. Als Petrus dieses Ansinnen ungefragt zurückwies, nahm der Teufel seinen Schwanz und wedelte damit Petrus über dessen Nase. Petrus musste niesen.

Niesen musste auch Werner, als Johannas Haare ihm in die Nase gefahren waren. Auch Johanna erwachte und drehte sich zu ihm herum. Zärtlich stupste sie mit ihrer Nase die seine, griff nach Werners Hand und legte sie auf ihren Unterleib. Werner spürte die Bewegung des heranwachsenden Kindes.

»Dein Söhnchen macht die Nacht zum Tag«, meinte Johanna, was Werner zu der Frage veranlasste, woher sie die Gewissheit nähme. »Das spürt eine Frau«, flüsterte sie hoheitsvoll. Nach einem Guten-Nacht-Kuss und einem »Schlaf weiter!«, kuschelte sie sich in ihre Decke und schlief tatsächlich gleich ein. Nicht so Werner. Er überlegte woher dieser skurrile Traum herrühre. Da fiel ihm der Vortrag an der Universität wieder ein. Ein namhafter professoraler Astrophysiker aus Berlin hatte hier an der Fakultät in Dresden einen Vortrag über Marxismus und Urknall gehalten. Während sich Biologen und Biochemiker über die Entstehung des Lebens Gedanken machen, denken Astronomen über den Ursprung des Weltalls nach. Rotlichtverschiebungen und Hintergrundstrahlungen wurden ausgemacht, die auf einen Ausgangspunkt, einen Anfang des heutigen Weltalls schließen lassen. Erkenntnisse, die auch in Deutschland auf fruchtbaren Boden fielen und theoretische Überlegungen deutscher Wissenschaftler gingen in diese Richtung, die durch amerikanische Entdeckungen untermauert wurden. Der Urknall passte nicht in das weltanschauliche Konzept der Partei. Er roch zu sehr nach Schöpfung, was dem atheistischen Grundverständnis, auf dem der Kommunismus beruhte, widersprach. Hinzu kam, dass diese Erkenntnisse ausgerechnet aus der Hochburg des Imperialismus stammen und somit ohnehin suspekt waren. Vor vierhundert Jahren passte der katholischen Kirche die Tatsache, dass die Planeten um die Sonne kreisen, nicht ins Konzept. Heute stößt sich die kommunistische Religion am Urknall.

Werner hatte den Vortrag mit Interesse verfolgt. Beruflich hatte er damit weniger zu tun, zumal die Fragestellung eher Tummelplatz für die theoretischen Physiker ist.

Mit den Worten »Das Weltall ist unendlich und ewig, genau so wie der Marxismus-Leninismus«, endeten die lichtvollen Ausführungen des Astronomen aus der Hauptstadt der DDR.

Die stundenlangen Versuche eine Endlichkeit zu widerlegen, hatten Werner letztlich stutzig gemacht und er nahm sich vor, andere Literaturquellen zu dieser Frage anzuzapfen, auch wenn es mühsam wird, Fachliteratur aus westlichen Verlagen einsehen zu wollen.

Dresden, den 13. März 1964

Lieber Hans,

jetzt ist eingetreten, was ich gewollt und gefürchtet habe. Du bist Onkel und ich eine ledige Mutter.

Vierzehn Tage ist Andreas jetzt alt. Er ist ein vergnügtes Kerlchen von inzwischen fünf Kilo und macht uns allen viel Freude und Arbeit. Selbst Dagmar freut sich und bot mir an, die Patenschaft für den Jungen zu übernehmen; von Eifersucht keine Spur. Ich nehme an, sie will lieber eine Ehe zu Dritt, als sich von Werner scheiden zu lassen. Im Augenblick habe ich andere Sorgen als darüber nachzudenken.

Ob ich mein Chemiestudium, das im Herbst beginnt, antreten werde, ist noch unklar. Aber unsere Mutter hat mir Mut gemacht, es mit dem Kind trotzdem zu wagen. Über das Angebot, den Jungen zwischenzeitlich zu betreuen, habe ich mich sehr gefreut.

Nun zu Dir: nachträgliche Gratulation zum Oberleutnant. Ich glaube Papa ist sogar ein bischen stolz

42

*auf Dich, obwohl er Deiner militärischen Laufbahn
erst etwas skeptisch gegenüberstand.*

Viele Grüße!
Jo

»Ich wünsche dir alles Gute, Erfolg im Studium und
– dein schönstes Geburtstagsgeschenk liegt im
Stubenwagen.« Mit diesen Worten drückte Monika
Bertram ihre Stieftochter an sich. Erst nachdem ihr
alle gratuliert hatten, setzte Johanna an, die zwanzig
Kerzen auf der Torte auszupusten. Die Torte hatte
selbstverständlich »Opa Kunz«, wie sie Dagmars
Vater liebevoll nannte, geschenkt.
Johanna und Werner hatten sich entschlossen, ihren
Geburtstag in einer benachbarten Gaststätte zu feiern. Neben den Familienangehörigen und Dagmar
waren auch einige KommilitonenInnen mit eingeladen. In der kleinen Wohnung wäre kaum für alle Platz
gewesen. Alle hatten sich in Schale geworfen. Hans
gab seiner Stiefschwester in der dunkelblauen Aus-
gangsuniform des Seeoffiziers die Ehre. Das abendliche Büfett wurde vor allem von den älteren Ge-
burtstagsgästen gelobt. Wer täglich einkaufen ging,
kannte die Versorgungslage und wusste, dass kalter
Braten, Edelsalami und andere Leckerbissen jetzt,
nachdem die Landwirtschaft kollektiviert war, keine
Selbstverständlichkeiten mehr sind.
Die Jugend, das Geburtstagskind an der Spitze, orga-
nisierten eine Disco mit Plattenspieler und Mit-
schnitten aus dem unerwünschten Radiosender eines
kleinen Großherzogtums. Der junge Oberleutnant
hatte sich längst seiner Jacke entledigt und tanzte mit
einer Studentin aus Johannas Seminargruppe hinge-
bungsvoll Rock-n-Roll.

»Ich muss mit dir reden«, sprach Johanna Hans in einer Tanzpause an. Beide zogen sich in eine stille Ecke zurück. »Du, ich soll in die Partei eintreten«, begann Johanna das Gespräch. Hans begrüßte diese Idee und bot ihr sofort die Bürgschaft an. Erst als Johanna durchblicken ließ, dass sie absolut mit der SED nichts am Hut hat, wurde sein Gesichtsausdruck nachdenklich.

»Unter vier Augen hat mir doch unser Parteisekretär gestanden, dass ich als so genanntes Arbeiterkind nur noch jetzt Gelegenheit habe, in die Partei zu gehen. Später, als Diplom-Chemikerin passe ich nicht mehr in eine A r b e i t e r partei. So etwas hirnrissiges! Wer ist denn in der Partei? Unsere Assistenten und Dozenten, die beruflich vorwärts kommen wollen. Bei euch in der Armee und Flotte wäre jegliche berufliche Laufbahn ohne SED-Mitgliedschaft chancenlos. Der Arbeiter hinter der Maschine hat nichts zu gewinnen oder zu verlieren. Er denkt gar nicht daran, in die A r b e i t e r partei zu gehen. Außerdem würde ich mit einer Mitgliedschaft die Mauer gutheißen müssen und das kann ich nicht.«

»... Und nun willst du von mir, dem Genossen, einen Tipp, wie man am besten dem Beitritt entgeht? Kurios.« Hans lachte und überlegte eine Weile, ehe er antwortete: »Schiebe Mutterschaft und Studium vor. Lass dir das Statut und andere Parteiliteratur geben. Da gewinnst du Zeit, ohne von vornherein Desinteresse erkennen zu lassen. Was Besseres fällt mir auf die Schnelle nicht ein. Aber das bleibt unter uns, Johanna.« Sie dankte ihrem Bruder. Jetzt war es ihr leichter ums Herz. Vergnügt gab sie ihm einen Kuss: »Ihr Seeleute findet immer einen Ausweg. So, nun geh zurück zu Manuela, sie wartet bestimmt auf dich.«

(Wenige Wochen später erreichte den werbefreudigen Parteisekretär ein Schreiben der Bezirksleitung, dass ab sofort von Parteiaufnahmen unter Studenten und dem Lehrkörper Abstand zu nehmen ist und nur noch Lehrlinge und Jungfacharbeiter anzusprechen sind. Grund sei die soziale Schieflage.)

Johanna und ihre KommilitonenInnen erfuhren davon nichts. Sie bemerkten nur wohltuend, dass sie von der Partei in Ruhe gelassen wurden. Selbst Manuela, die in Hans einen Freund und Partner gefunden hatte und bereit war, diesen Schritt zu gehen, wurde von der Partei abgewiesen. Das beeinträchtigte zwar ihr bisher ungetrübtes Verhältnis zur SED, nicht aber ihr Verhältnis zu Hans. Es verging ein reichliches Jahr und Manuela wurde seine Frau.

VIII

Johanna und Dagmar saßen am Ufer des Sees und schauten in die Abendsonne. Vor Johannas Augen schaukelte der dicke Kolben einer Binse und verdeckte zum Teil die untergehenden Sonne. Hinter den beiden Frauen dudelte leise ein Kofferradio aus einem der Zelte. Ansonsten störte nichts die abendliche Stille. Selbst die Frösche hatten ihr Konzert vorübergehend unterbrochen. Werner war mit Andreas angeln gegangen. Beim Angeln hatte er den Vierjährigen wenigstens soweit, dass er eine dreiviertel Stunde relativ still saß. Der Hinweis, dass die Fische nicht beißen, wenn er zu laut ist, sorgte dafür, dass das Knäblein auch den Mund hielt. Es war schon eine große Leistung von dem Jungen, sich auf die Angel zu konzentrieren, nichts sagen zu dürfen und still zu sitzen. Nur das Baumeln mit den Beinen hatte

Papa ihm nicht verboten. Wenn die Frauen ihre Köpfe nach rechts drehen, konnten sie die beiden beobachten. Es ist nicht der erste Campingurlaub, den sie zu viert machen. Bei ihren etwas unkonventionellen Familienverhältnissen verzichteten sie auf Ferienheime und Pensionen als Urlaubsquartier. Fräulein Högner und Herr Fink bewohnen mit Söhnchen Andreas ein Zelt. Im Nachbarzelt nächtigt Frau Fink, Werners Ehefrau und Patentante von Andreas in der Regel solo. Aber ab und zu erlaubt ihm Johanna, vor allem wenn sie sich nicht wohl fühlt, mit seiner Frau zu schlafen und bleibt mit dem Jungen allein.

»Wäre es für dich eine freudige Nachricht, wenn ich mich scheiden ließe?«, fragte Dagmar. Johanna drehte überrascht ihren Kopf und fragte zurück: »Steckt ein anderer Mann dahinter?« »Ja«, gab Dagmar zurück und lachte Johanna an. Rasch fügte sie hinzu: »Werner weiß es noch nicht.«

»Erzähl mal, ich bin ganz Ohr«, meinte Johanna. So erfuhr sie von Dagmars Ferienbekanntschaft aus dem vorigen Jahr. Dieses Jahr ist er ihr mit seinen beiden Söhnen gefolgt, nachdem seine Frau mit ihrem Chef durchgebrannt ist. Johanna glaubt sich an die Familie aus dem vorigen Jahr zu erinnern: »Sind es der Vater mit seinen Söhnen im Zelt zwölf?«, fragte Johanna sich vergewissernd. Erst als sie die Frage stellte, fiel ihr auf, dass sie die Frau bisher noch nicht gesehen hatte. Dagmar bestätigte Johannas Vermutung. Dann erzählte Dagmar, dass er sie morgen zum Essen eingeladen habe. Johannas Einwand, dass sie doch gemeinsam einen Ausflug machen wollten, entkräftete Dagmar mit dem Hinweis, dass sie das Auto nicht benötige und man ohne sie fahren könne.

»Wann willst du es Werner sagen?«, fragte Johanna. »Erzähl es du ihm!«, bat Dagmar. Sie mussten ihr Gespräch unterbrechen, da die beiden »Männer« vom Angeln zurückkamen. Johanna nahm ihren Jungen und bracht ihn ins Bett. »Sollen doch die Eheleute ihre Probleme unter vier Augen selbst lösen«, dachte sie und hoffte, dass Dagmars Forderung nicht ernst gemeint war. Die Neuigkeit erregte sie mehr, als sie es sich selbst eingestehen wollte. Plötzlich merkte sie, dass ihr dieses Dreiecksverhältnis keineswegs so gleichgültig war, wie sie es sich einzureden versuchte.

»...und wenn sie nicht gestorben sind, dann leben sie noch heute.« Johanna klappte das Märchenbuch zu und gab ihrem Jungen einen Guten-Nacht-Kuss. Andreas fragte noch einmal nach der Fee, was sie ihm auch geduldig erklärte. Im Vorraum des Zeltes waren Schritte zu hören. Werner war zurück gekommen und gab seinem Sohn den obligatorischen Kuss. Er forderte Johanna auf, noch ein Stück mit ihm spazieren zu gehen. Dabei erwähnte er, dass Dagmar morgen nicht mit kommen wollte und Einzelheiten dazu von ihr erfahren könne. Das Dagmar trotz ihres Alters ein Feigling sei, dachte Johanna. Sie hatten eine Parkbank erreicht. Der See lag etwa einhundert Meter unter ihnen. Der Abend war der Nacht gewichen. Johanna erzählte Werner von dem Mann aus Zelt zwölf und dass Dagmar die Absicht habe, sich scheiden zu lassen.

»So, und zu mir sagte sie nur, sie wolle morgen allein sein und du wüsstest Bescheid«, kommentierte Werner das Gehörte. Johanna wiederholte. »Sie möchte sich scheiden lassen.« Die Formulierung: »Sie gibt dich frei.« Vermied sie bewusst. Dann erzählte sie ihm von dem Mann aus Zelt zwölf. Er sei

Bäcker in einer Cottbusser Brotfabrik und passe damit viel besser zu ihr. Auch für »Opa Kunze« wäre dieser Mann der Wunschschwiegersohn, da er den Laden übernehmen könne.

»Was machen wir jetzt?«, fragte er, worauf Johanna entgegnete, dass e r entscheiden müsse, was er tun will, sobald er wieder heiratsfähig ist. Wortlos drückte er Johanna an sich. Nach einer Weile flüsterte er ihr ins Ohr. »Ich freue mich, dass es so kommen wird.« Johanna erwiderte nichts. Sie spürte nur die Tränen, die ihr über das Gesicht liefen.

Werner erwachte. Heftiges Stimmengewirr vor seinem Zelt:»Das letzte freie Land des Ostblocks haben die Russen nun auch besetzt. Mich wundert nur, dass sie so lange gewartet haben. Schließlich war die Grenze zu Westdeutschland eine NATO-Grenze.« Ein Witzbold mit Berliner Dialekt meinte: «Ick wun´dr mir über gar nischt mehr!«
Johanna war aufgewacht und fragte, was los sei. »Vielleicht Krieg zwischen der Tschechoslowakei und der Sowjetunion«? Werner schaltete das Radio ein und drehte nun ganz vorsichtig am Lautstärkeregler, damit Andreas nicht aufwacht. In den Nachrichten erfuhren sie, dass die verbündeten Streitkräfte in den Morgenstunden des einundzwanzigsten August in die CSSR eingerückt sind, um der drohenden Konterrevolution zuvor zu kommen. Werner konnte es sich nicht verkneifen festzustellen, dass man hierzulande und im Ostblock immer in der Urlaubszeit die Menschen mit politischen Schocks malträtiere. Erst der dreizehnte August neunzehnhunderteinundsechzig mit dem Mauerbau, jetzt, sieben Jahre später, wieder im August. Von ihrem geplanten Tagesausflug in die benachbarte Bezirks-

stadt, ließen sie sich jedoch nicht abbringen, zumal sich Andreas schon sehnsüchtig auf den versprochenen Eisbecher gefreut hatte. Auch Dagmar kehrte erst am Abend gut gelaunt von ihrem Ausflug mit dem Herrn aus Zelt zwölf zurück.

Abends waren die wenigen Fernsehgeräte auf dem Zeltplatz dicht umlagert. Das DDR-Fernsehen hatte sich abseits vom Geschehen auf der Prager Burg aufgestellt und kommentierte die Tagesereignisse aus der Sicht der Angreifer. Kein Bild von den blutigen Auseinandersetzungen im Zentrum Prags zwischen Demonstranten und sowjetischen Truppen.

Johanna hatte sich eine Decke umgelegt und lehnte sich an Werner: Gut, das die Tschechoslowakei ein Binnenland ist, sonst müsste Hans womöglich auch mit einrücken.« (Dass die Volksarmee wahrscheinlich gar nicht tschechoslowakisches Territorium betreten hat, ahnte niemand.) Nach der dürftigen Berichterstattung lösten sich die Zuschauertrauben auf und alle strömten ihren Zelten entgegen. Johanna hatte auch keine Ruhe mehr bei dem Gedanken, was Andreas so allein im Zelt treibt. Ihre Unruhe war unbegründet. Zusammen mit den Jungen von Dagmars neuem Freund bestaunte er ein großes Spielzeugboot, das Dagmar den beiden Jungen geschenkt hatte. Die verstellbaren Segel und das Schwert am Rumpf ermöglichten dem Schiff auch bei leichtem Wellengang ein gutes Fortkommen. Obwohl die Zwillinge zehn Jahre älter als Andreas waren, hatten sie das aufgeweckte Bürschchen gerne und erklärten ihm alles geduldig. Johannas Hinweis, dass Andreas ins Bett müsse, hatte eher informativen Charakter. An eine ernsthafte Durchsetzung dachte sie ohnehin nicht, solange die Jungen miteinander spielten.

Am Nachbarzelt wurde gelacht. Werner, der sich

dazugesellte, staunte nicht schlecht, dass es schon den ersten Witz gab, der das Vorgehen der Sowjets in der CSSR verurteilte. Die beiden liebenswerten Marionetten Spejbl, der Vater, und Hurvinek, der Sohn, führten Zwiesprache.

Hurvinek: Vater, sind die sowjetischen Soldaten unsere Freunde oder unsere Brüder?

Spejbl: Brüder natürlich. Freunde kann man sich aussuchen, Brüder muss man nehmen wie sie sind.

Es wurde nicht nur über die Pointe gelacht, sondern auch darüber, dass nur wenige Stunden nach dem Ereignis ein Witz im Umlauf war.

»... Und so erkläre ich sie zu Mann und Frau. Der Junge wird den gemeinsamen Namen Fink tragen.« Johanna in einem hellblauen Kostüm und weißen Handschuhen aus Plauener Spitze und einem Hochzeitsbukett in der Hand, fühlte sich am Ziel ihrer Träume. Die taillierte Kostümjacke zog bereits verräterische Fältchen im Bereich der Knöpfe. In wenigen Wochen hätte diese nicht mehr gepasst. Sie erwartete ihr zweites Kind von Werner. Mit einem knapp fünfjährigen Jungen an der Seite hielt sie ein weißes Hochzeitskleid mit Schleppe sowieso für unpassend. Die Zahl der Hochzeitsgäste war bescheiden und beschränkte sich auf den engeren Familienkreis.

Der Entschluss zu heiraten, war auch von praktischen Erwägungen geprägt. Das leidige Problem einer eigenen Wohnung und die berufliche Vermittlung nach dem Studium waren ausschlaggebend gewesen. Werner und Dagmar hatten gleich nach dem Urlaub ihre Scheidung in Angriff genommen und so Platz für die neuen Ehepartner geschaffen. Mit der bevorstehenden Geburt ihres zweiten Kindes und der Eheschließung wurde verhindert, dass man Johanna nach dem Studium in die Wüste schicken würde. Sie hatte keine Lust, nach Bitterfeld, Leuna oder Schwedt vermittelt zu werden, sondern wollte möglichst in Dresden bleiben. Auch Werner verspürte keine Neigung, sein geliebtes Dresden zu verlassen. Als Lockmittel bot man jungen Familien an den wenig attraktiven Industriestandorten bevorzugt Neubauwohnungen und manchmal auch höhere Gehälter an, die scherzhaft als Taigazuschlag bezeichnet wurden. Alleinstehende AbsolventenInnen hatten kaum eine Chance, der Vermittlung in abgelegene volkswirtschaftliche Schwerpunktbetriebe zu entrinnen. Aber Kinder und Ehe räumten speziell den jungen Diplomandinnen bestimmte Rechte ein, von denen Johanna Gebrauch zu machen gedachte.

All diesen Überlegungen zum Trotz überwog ihre Liebe und der Wunsch, eine richtige Familie zu sein und dies durch den goldenen Ring am Finger zu demonstrieren. Damit gingen für Beide auch Jahre einer Dreiecksbeziehung zu Ende.

Es war spät geworden. Werner saß müde in der Straßenbahn Linie 3 Richtung Wilder Mann. Dort hatten sie, Dank betrieblicher Hilfe, eine Altbauwohnung erhalten. Wenig komfortabel mit Ofenheizung und Gasanschluss statt einem Elektroherd, dafür große Räume, die für eine bald vierköpfige Familie gerade richtig waren.

Er schaute noch einmal zur Uhr. Der neue Tag war gerade fünfzehn Minuten alt. Dann schlief er ein. Ein Knirschen und splitterndes Glas weckten ihn auf. Er schaute hinaus. Von seinem Platz im Anhänger konnte er nicht sehen, was passiert war. Ein Mann sprang auf den Wagen und rief: »Los raus! Wir fliegen gleich in die Luft.« Schlaftrunken stieg Werner aus und sah die übrigen Fahrgäste im Laufschritt im gegenüberliegenden Fabrikgebäude Deckung suchen. Er rannte hinterher. Dann krachte es. Der Triebwagen und der sowjetische Militärlastwagen gingen in Flammen auf. Obwohl es an diesem Septemberabend keineswegs kalt war, fröstelte Werner. War es die Müdigkeit oder die Angst? »Das ist ja beinahe wie am dreizehnten Februar«, hörte sich Werner sagen. Ein älterer Mann neben ihm hatte das Selbstgespräch gehört und meinte: »Ich kann da nicht mitreden. Zu dieser Zeit war ich noch an der Ostfront. Aber an das Feuerwerk, das der Iwan mit uns veranstaltete, erinnere ich mich gut... .« Seine Worte gingen im Krachen der explodierenden Munition unter, die der Lastwagen geladen hatte.

Nach einer dreiviertel Stunde waren zwar Polizei, Feuerwehr und auch Vertreter der Streitkräfte am Ort des Geschehens aber einen Bus bereit zu stellen, hatte man vergessen. Werner machte sich verdrossen auf den Heimweg.

Am nächsten Morgen warf er einen Blick in die Zeitung. Weder unter der Rubrik, *Was sonst noch passierte* oder *Die VP meldet* war der kleinste Hinweis auf diesen Unfall zu finden. Gelebte Pressefreiheit hierzulande.

IX

Es war schon Nacht. Die Schreibtischlampe tauchte Johannas Arbeitsplatz in ein gelblich-warmes Licht. Neben und auf dem Schreibtisch stapelten sich Bücher und persönliche Aufzeichnungen. Dazwischen stand der Stubenwagen mit Daniel, ihrem zweiten Sohn. Er schlief tief und fest. Das war die Atmosphäre, wie sie es für ihre Arbeit liebte. Johanna Fink hatte sich entschlossen, im Rahmen einer Frauen - Sonderaspirantur zu promovieren und dem Diplomchemiker den doctor rerum naturalium folgen zu lassen. Das ihr nahe gelegte Thema hatte etwas mit Störfreimachung zu tun. Nach dem Mauerbau vor nunmehr zehn Jahren war die Republik auch wirtschaftlich gegenüber den westlichen Ländern in die Isolation geraten. Hinzu kam die permanente Devisenknappheit, die dem Einkauf von Rohstoffen, Fertigprodukten und Lizenzen rigide Grenzen setzte. Also versuchte man, auf einheimische Rohstoffe und hiesige Technologien auszuweichen. Ganze Heerscharen von Wissenschaftlern einschließlich der hoffnungsfrohen Doktoranden aller naturwissenschaftlich-technischen Fachrichtungen mussten ihren wissenschaftlichen Ehrgeiz dieser Zielstellung opfern. Zwiespältige Gefühle befielen Johanna. Einerseits reizte es sie, wissenschaftliches Neuland zu betreten, Wegelagerpatente der großen Chemiekonzerne zu umgehen, andererseits verglich sie ihr Tun mit denen mittelalterlicher Alchemisten, die aus Stroh Gold zu spinnen gedachten. Jedenfalls hatte sie nicht vor, diesem Zweck ihr Kind irgend einem politischen Rumpelstilzchen zu opfern. Bei diesen Gedanken stand sie auf und beugte sich über das Bettchen und schaute Daniel beim Schlafen zu. Dissertationen von Chemikern sind oft ohne Messreihen und Versuche nicht realisierbar. Auch ihre Untersuchungen zu Metall-Hochtemperaturkatalysatoren führen ohne umfangreiche Messreihen zu keinem Ergebnis. Aber weder in der DDR noch im sozialistischen Ausland standen entsprechende Laboratorien zur Verfügung. Nur zwei Einrichtungen weltweit, eine in Berlin-Lichterfelde und die andere in Übersee, konnten Johanna die für ihre Arbeit erforderlichen Ergebnisse liefern. Bei dem Gedanken lief es ihr heiß den Rücken herunter. Sie, die kleine Aspirantin, fährt nach Westberlin, um wissenschaftlich zu arbeiten. Was anderen nie vergönnt sein wird, ihr wird es möglich gemacht. Im Geist ging sie die Hürden durch, die einer Westreise im Wege stehen. Sie war verheiratet, hatte Kinder und keine Verwandte im Westen. Damit waren eigentlich alle Hürden genommen. Eine Reise nach Westberlin war auch vergleichsweise billig. Außer ein paar S- und U- Bahnfahrscheinen fielen keine Reisekosten in Devisen an. Blieben die Laboratoriumskosten. Um diese käme der Staat nicht herum, diese müssten in harter Währung entrichtet werden.

»Glauben Sie, Frau Fink, dass man Sie nur ihrer schönen braunen Augen wegen in den Westen reisen lässt?« Professor Seidel, ihr Doktorvater lachte ärgerlich über diese Zumutung. Johanna saß auf der Kante des Labortisches und legte ihre Hand auf seine Schulter. »Würden Sie mich denn wegen meiner schönen Augen fahren lassen?« Der Professor legte seine Hand auf die ihre, nahm sie behutsam von seiner Schulter und stand auf. Wortlos ging er zum Fenster und schaute hinaus.

»Das Unmögliche möglich zu machen, nicht nur im wissenschaftlichen, sondern auch im politischen Bereich lautet die Devise.« Seidel hing seinen Gedanken nach und ertappte sich dabei, wie er nach einer Lösung suchte. Volkswirtschaftlich lässt sich die Dissertation als herausragenden Devisensparer verkaufen, wenn denn entsprechende Untersuchungen in dem Westberliner Speziallabor möglich würden. Er nahm sich vor, morgen im Club mit seinem Schulfreund, der es zu einem hochrangigen Offizier bei der Staatssicherheit gebracht hatte, zu sprechen. Zu Johanna sagte er nur: »Ich werde mir das überlegen, Frau Fink.«

Professor Hans-Joachim Seidel hatte sich mit Ernst Baumgärtner, Oberst in der Bezirksbehörde der Staatssicherheit in den Wintergarten zurückgezogen. Während Baumgärtner akribisch seine Zigarre anschnitt, um dann mit genüsslichem Paffen den Kolben zum Rauchen brachte, hatte Professor Seidel seine Pfeife gestopft und diese fasst gleichzeitig in Gang gesetzt. Das Lingner Schloss gab den Blick frei über die Elbe bis in die Altstadt. Die Loschwitzer Elbhänge hatten immer wieder Maler zu Landschaftsmotiven angeregt. Später kamen die Landschaftsfotografen dazu. Unter einem solchen Meisterfoto saßen die beiden. Baumgärtner und Seidel kannten sich vom Gymnasium her. Durch Krieg und Nachkrieg hatten sie sich aus den Augen verloren und sich als Gründungsmitglieder des Dresdner Klubs, der in diesem Schloss seine Heimstatt hatte, wieder getroffen. Baumgärtner forderte seinen ehemaligen Schulfreund auf, sein Anliegen vorzubringen.
»Ich möchte meine Doktorandin, sechsundzwanzig Jahre jung, verheiratet, zwei Kinder, keine Westverwandtschaft, nach Westberlin schicken, um eine Versuchsreihe, die sie so weder bei uns noch im östlichen Ausland durchführen könnte, vorzunehmen.«
»Schläfst du mit ihr?«, fragte der Oberst. Der Professor ließ sich nicht überrumpeln und fragte prompt zurück: »Ist das erforderlich?« Ohne Baumgärtner zu Wort kommen zu lassen, hakte er nach: »Ich dachte, du lässt deine Vernehmungsmätzchen

55

wenigstens hier. Aber im Ernst, Ernst, ich möchte auf deine Anspielung eingehen. Sie erinnert mich sehr an Susanne und ich bin etwas voreingenommen. Aber schlafen, nein das möchte ich nicht mit ihr. Ein Mann schläft normaler Weise nicht mit seiner Tochter.«

So kannten sich die beiden Männer und Baumgärtner war von seinem Freund und dessen Schicksal angetan. Susanne Seidel war im vorigen Jahr bei einem Autounfall ums Leben gekommen. »Wie geht es Margit?«, fragte Ernst. Der Professor wusste, dass die Frage nach seiner Frau keine Höflichkeitsfloskel war und entgegnete:

»Margit lässt sich nichts anmerken. Aber nachts spricht sie hin und wieder im Traum mit Susanne.«

Nachdem der Oberst seine Zigarre erneut angeworfen hatte und zwei *Radeberger* auf dem Tischchen standen meinte er:

»Lass deine Doktorandin ihren Passantrag bei der VP abholen. Du reichst mir den Antrag ein und befürwortest im Auftrag der Universität die Reise. Gegenwärtig bahnt sich etwas politisches Tauwetter an. Der Westen registriert sehr genau, wie viele Bürger wir monatlich rüber lassen. Steigt die Zahl, wird das als politisches Entgegenkommen gewertet. Wolltest du nicht ohnehin im November nach Westberlin?«

»Man hat mich zur Solvay - Konferenz eingeladen«, antwortete Hans-Joachim.

»... Dann nimm sie gleich mit. Viel Zeit solltet ihr euch nicht lassen. Man weiß nie, wie lange die politische Schönwetterlage anhält«, meinte Freund Ernst. Obwohl Baumgärtner wusste, dass der Wintergarten nicht verwanzt war, sprach er sehr leise.

Johanna wurde über und über rot als ihr der Professor eröffnete, sie solle sich ein Passformular bei der Polizei abholen und dieses umgehend, zusammen mit zwei aktuellen Fotos, einreichen. Beinahe hätte sie ihn an sich gedrückt, beherrschte sich aber rechtzeitig und hörte aufmerksam auf seine Anweisungen. »Sie arbeiten umgehend einen Analyseplan aus. Diesen müssen wir einreichen. Er wird Bestandteil ihrer Dissertation. Also, lassen Sie alles andere stehen und liegen. Wir haben nur etwa sieben Wochen Zeit bis zu Ihrer Fahrt.« Dann fuhr er, im Ton leiser, fast ein Selbstgespräch führend fort: »Das wäre der erste wissenschaftliche Auslandsaufenthalt im Westen für einen nicht professoralen Mitarbeiter der Uni nach dem Mauerbau.«

»Rate mal, was ich hier in dem Briefumschlag habe?«, fragte Johanna ihren Werner und hielt ihm das Kuvert unter die Nase. Alle Rateversuche, ob Taschenbuch, Geldprämie, quittierte sie mit einem verneinendem Kopfschütteln. Ihrer Aufforderung nachkommend, griff er hinein. Ein blaues Büchlein mit Goldprägung kam zum Vorschein. Er schlug es auf. Auf dem Foto in der linken oberen Ecke lächelte ihm seine Johanna entgegen. Man sah ihr die Vorfreude, einen Reisepass zu besitzen, richtig an. Interessiert blätterte Werner darin. Er kannte dieses bedeutsame Büchlein nur vom Hörensagen. Auf der letzten Seite sah es aus wie in einem Briefmarkenalbum. Verschiedenfarbige Gebührenmarken von der Größe und dem Aussehen einer Briefmarke waren sorgfältig per Stempelaufdruck entwertet. Dann fiel ihm ein großer, fast die ganze Seite einnehmender Stempel, das Herzstück des Passes, ins Auge. Das Ausreisevisa, das es dem Passinhaber gestattet, in alle westlichen Länder und nach Westberlin zu reisen.

»Du hast es geschafft«, meinte Werner und wirbelte Johanna durchs Zimmer. Ganz neidlos war er nicht bei dem Gedanken, dass seine junge Frau urplötzlich in die privilegierte Schicht der West-Reisekader aufgestiegen war. Eifersucht stieg in ihm hoch. Dass ihr Professor, bei dem sie offensichtlich *ein Stein im Brett – im Bett* hatte, ziemlich einflussreich sein müsse, ging ihm durch den Kopf. Die Verballhornung der Redewendung noch im Kopf, fragte er sie danach. Johanna schaute ihn lange an. Sie merkte, dass es für einen Mann nicht leicht ist, wenn seine jüngere Ehefrau scheinbar an ihm vorbeizieht. Sie drückte ihn aufs Sofa und setzte sich auf seinen Schoß.

»Ein alter Mann genügt mir.« Dabei strich sie ihm durchs dünner werdende Haar und fuhr fort: »Nein, schlafen würde ich nicht mit ihm. Er hat auch nie irgendwie versucht, mir zu nahe zu treten. Ich bin für ihn so eine Art Tochterersatz. Seine Tochter, sie musste in meinem Alter gewesen sein, ist voriges Jahr tödlich verunglückt. Mag sein, dass unsere Beziehung somit etwas über das rein Kollegiale hinausgeht.«

»Ich freue mich auf die promovierte Chemikerin in unserer Familie.« Seine Worte klangen erleichtert und ehrlich.

Johanna blies demonstrativ die Backen auf und pustete aus als die S-Bahn donnernd über die Spreebrücke dem Lehrter Bahnhof in Westberlin entgegenfuhr.

»Schade, dass dieses Laboratorium hier stationiert ist und nicht in den Chemiehochburgen am Rhein und Main. Bitterfeld kenne ich. BAYER und BASF hätte ich bei dieser Gelegenheit gerne einmal kennengelernt.« Warum so ein Labor abseits der großen Chemiestandorte liegt, hat steuerliche Gründe, wusste der Professor zu erzählen. Seidel plauderte aus dem Nähkästchen, als er von der Zonenrandgebietsförderung sprach. Dinge, die für Johanna völlig unbekannt waren.

»Da so ein Laboratorium keine Gleisanschlüsse und keine riesigen Flächen benötigt, kann man es hier in der Großstadt ansiedeln. Fachkräfte liefern die ansässigen Hochschulen und Universitäten. Die politische Sonderstellung des Standortes bringt besagte Vorteile.« Damit beendete Seidel seinen Kurzvortrag über die Stadt, denn sie waren angekommen. Der Professor ließ es sich nicht nehmen, Frau Fink entsprechend einzuführen und um Unterstützung zu bitten, die dann auch selbstverständlich zugesichert wurde.

Fertig. Johanna blickte auf die Laboruhr und verglich die Zeit mit der ihrer Armbanduhr. Es war kurz vor sechs. An den beiden Vortagen hatte sie bis nach acht im Labor zugebracht. Heute, am vorletzten Tag, wollte sie eher Feierabend machen. »Das Protokoll und ein paar Vergleichsmessungen kommen morgen auch noch zurecht«, sagte sie sich. Von Westberlin hatte sie bisher noch nicht viel gesehen. Einmal im Dunkeln auf dem berühmt-berüchtigten Ku-Damm spazieren gehen. Gedacht – getan. Sie zog sich um, meldete sich ab und zog los. Dass sich weder Ostberlin, geschweige denn Dresden mit dem Nachtleben dieser Stadt messen könne, ging ihr so durch den Kopf, als sie so von Schaufenster zu Schaufenster schlenderte und die Lichtreklame sie zusehend faszinierte. Im Stillen hatte sie einmal die

Preise all der Sachen addiert, die ihr gefallen wür-
den. Ohne ihren Traumwagen, ein taubengraues
Coupe, kam sie schon auf einige tausend Mark.
Sachen, die mühelos in zwei Koffer gepasst hätten.
Ein heftiger Knall aufeinander schlagenden Blechs
ließ sie herumfahren. Ein Motorrad schlug wenige
Meter krachend vor ihr auf, stieß gegen einen
Straßenbaum und änderte, wild kreiselnd, seine
Richtung. Zu spät erkannte Johanna, dass sie genau
in der Einflugschneise stand. Ihren Schrei, den sie
ausstieß, als das Motorrad gegen ihr Schienbein
stieß, hörte sie schon nicht mehr.

Dem stechenden Schmerz war ein dumpfes, warmes
Gefühle in ihrem Bein gefolgt. Sie blickte zur Decke
des Krankenwagens und sah den Widerschein des
Blaulichtes. Unter retrograder Amnesie litt sie nicht.
Der Sanitäter sprach sie an und fragte nach ihrem
Namen. Sie gab die richtige Auskunft und blieb
ruhig, als sie auf ihre Frage die Antwort erhielt: »Sie
haben eine offene Unterschenkelfraktur.« Morgen
war ihr letzter Tag in Westberlin. Ihr wurde bereits
jetzt bewusst, dass es nicht dabei bleiben wird. Im
Krankenhaus angekommen, entschied man sich,
sofort zu operieren.
Das Abschlussbankett hatte es in sich. Professor
Seidel war nicht der Typ, der sich derartiges entge-
hen lässt, zumal ihm eine Reihe lukullischer
Kostbarkeiten in absehbarer Zeit nicht mehr geboten
werden. Die dargereichten Rotweine sind selbst in
Dresdner Spezialläden nicht zu bekommen und können hier unbegrenzt und vor allem kostenlos genossen werden. Seidel hatte es sich zur Gewohnheit
gemacht, wenn er schon viel trinkt, dann nur von
einer Sorte. Nach dem obligatorischen Glas Be-

grüßungssekt, hatte er außer Rotwein keine anderen Alkoholika angerührt. Seinen Speisezettel hat er dieser Entscheidung untergeordnet und sich am Buffet vorwiegend Wildspezialitäten gewidmet. Rehrücken, Wildschweinspießchen und Medaillons vom Hasen lud er sich wechselweise auf seinen Teller. Ein Kollege aus Österreich, der ihm auch schon einmal in Dresden besucht hatte, trat an ihn heran und erkundigte sich nach seiner Doktorandin, die Seidel, wie er sich ausdrückte, erfolgreich durch den eisernen Vorhang hatte schmuggeln können. Seidel hatte ihm davon erzählt. Er lächelte jetzt etwas schief zu dieser Interpretation seiner Bemühungen, Johanna bei ihrer Dissertation behilflich zu sein. Aber es hatte auch keinen Zweck, dem Kollegen aus Wien diese Sichtweise der Dinge auszureden. Mit dem Hinweis, dass er morgen mit ihr die Heimreise nach Dresden antreten wird, wollte er dem Gespräch eine andere Richtung geben. Da wurde er ans Telefon gerufen. Man teilte ihm mit, dass vor einer Stunde Frau Fink als Unfallopfer eingeliefert wurde und sie gebeten hat, ihn zu benachrichtigen. Nein, jetzt sofort ins Krankenhaus zu fahren, hätte heute Nacht keinen Zweck mehr, da die Patientin frisch operiert sei. Einzelheiten könne er morgen früh im Krankenhaus erfahren.

Seidel war augenblicklich nüchtern. Ihm war die Lust am Feiern vergangen. Trotzdem blieb er noch eine Weile und führte mit diesem und jenen Fachkollegen kurze Gespräche.

Johanna lag in einem gemütlichen Drei-Bett-Zimmer mit noch einer jungen Frau zusammen und hatte einen wunderbaren Blick auf den Park im Klinikgelände. Trotz der kahlen Bäume und dem abgestellten Springbrunnen ging von dem Park eine beruhigende, dem Heilungsprozess förderliche Atmosphäre aus. Auf einer Bank nahmen gerade zwei Patienten Platz – der eine mit Krücken, beide in Wintermäntel gehüllt. »Werde ich demnächst ebenso mit Krücken da unten spazieren gehen?«, dachte Johanna, als die Tür aufging und Professor Seidel mit sorgenvollem Gesicht das Zimmer betrat. Johannas Bein war nur verbunden, geschient und mit einem Kran in leichter Schräglage nach oben fixiert. Als er sie so liegen sah, wurde ihm klar, dass eine Mitnahme nach Dresden wohl kaum möglich sein würde. Johanna erklärte ihm den Unfallhergang, was er mit Erleichterung aufnahm. Ihrer Schilderung nach war sie Opfer des Geschehens, so dass sie Schadenersatzansprüche geltend machen kann und keine Forderung gegen sie und damit der klammen Republik erhoben werden können. Diese Überlegungen verschwieg er ihr. Er fragte nur, ob die Polizei schon da war. »Die Polizei hat sich für heute Vormittag angemeldet, da ich gestern Abend nicht mehr befragt werden konnte«, antwortete Johanna. Dann bat sie ihn, einen Brief für Werner mitzunehmen.

Beim Chefarzt der Chirurgischen Klinik machte Seidel auf die besondere Situation, in der er und Frau Fink sich befinden, aufmerksam und bat, wider besseren Wissens, den Rücktransport in die DDR mit einem Krankenwagen zu bewerkstelligen.

»Ich denke gar nicht daran, Herr Seidel.« Da der Arzt selbst den Professorentitel führte, verzichtete er bei seinem Besucher auf diese Anrede, was allgemein so üblich ist und auch nicht anders erwartet wurde.

»Ihre Mitarbeiterin hat einen offenen Bruch. Wir mussten erst die Wunde versorgen. Es besteht akute Emboliegefahr. Ein Eingipsen des Beines ist frühestens in vierzehn Tagen möglich. Vorher ist eine Transportfähigkeit der Patientin überhaupt nicht gegeben. Wohlgemerkt, es dürfen keine Komplikationen eintreten.« Zur Verdeutlichung griff er zu zwei Röntgenaufnahmen und erklärte seinem Gast Einzelheiten der Schädigung. Seidel erkannte auch als Laie deutlich den gebrochenen Knochen und die Verletzungen an den Weichteilen. Als Seidel erneut ein »aber« ansetzte, gebot ihm der Chefarzt zu schweigen, griff in die Schreibtischschublade und holte Johannas Pass hervor.

»Das Ausreisevisum hat eine Gültigkeit von einem halben Jahr. So lange beabsichtige ich nicht, die Patientin hier zu behalten. Ich gebe Ihnen noch den Krankenschein für ihren Arbeitgeber mit und wünsche Ihnen gute Heimreise.« Der professorale Mediziner reichte seinem Kollegen von der Chemikerzunft zum Abschied die Hand. Seidel blieb nichts übrig, als die Klinik zu verlassen und allein zu fahren.

Das Gesicht von einem Strauß mit fünfzehn dunkelroten Rosen verdeckt, stand er vor Johannas Bett. Dann nahm er langsam den Strauß herunter und legte diesen mit feierlicher Geste ab. »Aber Herr Doktor Rauch!«, begrüßte Johanna ihren Gast und war sichtlich überrascht, ihn an ihrem Krankenbett zu sehen. Die Wahl der Blumen und die Geste irritierten sie etwas. Dr. Rauch hatte sie während ihrer Arbeit im Labor nachhaltig unterstützt und auch wesentlich zum Erfolg der Versuchsserie beigetragen. Als er ihr auch noch mitteilte, dass er das Abschlussprotokoll am vergangenen Freitag allein verfasst hat, nachdem er von ihrem Unfall erfuhr, veranlasste Johanna, ihm spontan einen Kuss auf den Mund zu geben. Friedemann Rauch gefiel diese Frau und er nutzte ihre Hilflosigkeit, sie länger, als von Johanna gewünscht, in den Armen zu halten. Als sich ihre Lippen lösten, meinte Johanna mit gespielter Strenge. »Herr Doktor Rauch ich habe Ihnen einen Kuss gegeben aber ich wollte nicht, dass Sie mich küssen!«

»Ich heiße Friedemann«, antwortete er leise. Johanna war überrascht, als er bei diesen Worten rot wurde. Schlagartig wurde ihr klar, dass dieser Mann sich mehr erhofft, als nur ein kollegiales Miteinander. Seine Aufforderung, im Krankenhaus darüber nachzudenken, für immer hier zu bleiben, untermauerte ihre Befürchtungen.

»Wie stellen sie sich das vor. Ich bin verheiratet und habe zwei Söhne. Die will und kann ich nicht im Stich lassen. Außerdem liebe ich meinen Mann.«
Rauch hatte zwar ihren Ehering gesehen, dachte aber, dass es sich eher um einen Männer-Abwehrring handle, um als Alleinreisende nicht laufend angesprochen oder belästigt zu werden. Völlig überrascht war er von ihrer Mutterschaft.

»Habe ich Sie richtig verstanden? Sie arbeiten an der TU Dresden, schreiben an Ihrer Dissertation, sind verheiratet und darüber hinaus Mutter zweier Kinder!? Das ist hierzulande undenkbar. Ich merke schon, wir wissen viel zu wenig voneinander.«
Johanna hatte ihn verstanden. Mit w i r waren nicht sie und er, sondern Ost und West gemeint. Johanna gab ihm Recht und stellte fest, dass dies auf Gegenseitigkeit beruhe. Da sie die eingeschlossene Stadt nicht als Touristin, sondern als arbeitender Mensch kennen gelernt hat, verbunden mit dem Aufenthalt im Krankenhaus, habe sie ein völlig anderes Bild von Westberlin und ihren Menschen erhalten, als es die Zeitungen und das Fernsehen der DDR ihren Bür-

gern zu vermitteln versuchen. Dass diese Methode der Medien auch hier zu Lande üblich sei, meinte Friedemann und fuhr fort: »Für uns ist die DDR assoziiert mit Mauer, Stacheldraht und Mangelwirtschaft. Was Sie mir von Ihrer Frauensonderaspirantur erzählt haben, weiß hier keiner. Dabei sind wir Westberliner durch Funk und Ostfernsehen noch am ehesten in der Lage, uns ein Bild von eurem Teil Deutschlands zu machen. Frag mal einen Rheinländer oder die Leute aus Oberbayern, was die von der DDR wissen. Wer keine Verwandten oder Bekannten drüben hat – nichts.« Johanna nahm es mit Erleichterung wahr, dass er das verfängliche Thema ihres Miteinander verlassen und dafür die Tagespolitik als gemeinsamen Gesprächsstoff gewählt hat. Kurz nachdem Dr. Rauch gegangen war, klingelte das Telefon an ihrem Bett. Werner war dran.

X

Johanna hatte ihr hellblaues Kostüm angezogen. Es passte wieder oder besser gesagt, immer noch. Darauf war sie, vier Jahre nach ihrer Hochzeit und der zweiten Entbindung stolz. Dazu trug sie dunkle naht- und halterlose Strümpfe. Die hatte sie sich von ihrem Westgeld, damals aus Westberlin mitgebracht. Herr Dr. Rauch hatte zum Abschied noch etwas dazu gelegt. Mit der Zeit nahmen ihre Bargeldbestände an Deutscher Mark rapide ab. Kosmetika, Spielzeug für die beiden Jungen und etliche Kleinigkeiten waren für diesen bedauerlichen Schwund die Ursache.
Sie und noch zwei Herren erhielten heute aus der Hand des Dekans in einer Feierstunde ihre Promotionsurkunden. Sie war nicht nur die einzige Frau,

sondern auch die Jüngste. Nachdem Spektabilität in angemessenen Worten die wissenschaftliche Bedeutung der Alma mater im Allgemeinen und die der Fakultät im Besonderen gewürdigt hatte, übergab er die Urkunden. Für sie und einen der Herren gab es *cum laude*, für den Dritten *summa cum laude*. Als ob er Johannas Gedanken erraten hätte, meinte Professor Seidel bei der Gratulation: »Er muss nebenbei nicht zwei Kinder und einen Mann versorgen, sondern lebt bei seiner Frau Mutter, die sich um ihn kümmert.« Draußen vor dem Festsaal warteten die KollegenInnen vom Lehrstuhl. Sie drückten Johanna einen Doktorhut auf den Kopf. Einen richtigen aus textilem Material und keine Faschingsimitation aus Pappe.

Bei der anschließenden Feier wurden Johanna und Werner zur nächsten Grillparty bei Seidels eingeladen. Der Professor begründete seine Einladung damit, dass er Johanna als künftige Kollegin bei sich zu begrüßen gedenkt.

Nachdem sie den Professor nebst Gattin begrüßt hatten, Werner Frau Seidel einen Blumenstrauß überreicht hatte, standen sie erst einmal »dum rum«, wie es Werner auszudrücken pflegte, was in erster Linie auf ihn zutraf. Das ist das Schicksal vieler EheparterInnen bei Betriebsfeiern. Während Johanna sich in Gespräche mit ihren Kollegen verwickelte, würde sie Werner kaum vermissen. Deshalb nutzte er die Gelegenheit, sich im Grundstück näher umzusehen. Von einer Ecke des Gartens überblickte man das Elbtal und schaute auf die Loschwitzer Brücke, ob ihrer Stahlkonstruktion auch »Blaues Wunder« genannt. Aus dem bewaldeten Elbhang ragte die weiße Kugel der Sternwarte des Ardenne-Institutes heraus. Das Forschungsinstitut des Barons Manfred v. Ardenne faszinierte ihn immer wieder, wenn er dienstlich ab und an dort weilte. Diesem Manne war es gelungen, im wirtschaftspolitischen Umfeld des Landes ein p r i v a t e s Institut aufzubauen, zu finanzieren und zu erhalten. Eine politische Meisterleistung, die seiner wissenschaftlichen in nichts nachstand.

Während sich die meisten Gäste in der Nähe des Grills aufhielten, unterhielt sich der Gastgeber sehr lebhaft mit den Herren seiner Generation. Die »Feuerwerkerei«, wie Seidel das Grillen nannte, hatte er Jüngeren überlassen. In dieser Hinsicht war er Gast im eigenen Garten. Als Johanna an ihm vorübergehen wollte, winkte er sie heran und stellte sie mit den Worten vor:
»Das ist Frau Doktor Fink, mein jüngster Doktor«, an Johanna gewandt über seinen Gesprächspartner: »Herr Baumgärtner hat Ihnen maßgeblich den Weg nach Westberlin geebnet und war auch für die reibungslose verspätete Rückkehr nach ihrem Unfall verantwortlich.« Jetzt wusste Johanna auch, wo sie ihn schon einmal gesehen hatte. Als man sie bei Schneeregen aus dem Krankenwagen der Westberliner Unfallhilfe in den Barkas für die Fahrt nach Dresden umbettete, schien er unter den Uniformierten als einziger Zivilist eine Rolle zu spielen. Ohne sich vorzustellen, hatte sich Baumgärtner damals mit ihr unterhalten. Sie hielt ihn für einen Kollegen aus der Universität, denn er schien etwas von Chemie zu verstehen.
»Mit Ihrem Bein alles wieder in Ordnung?« Mit dieser Frage begrüßte er sie und fügte hinzu: »Mein Freund Seidel hat vergessen hinzuzufügen, dass ich

Oberst im Ministerium für Staatssicherheit bin.« Johanna machte große Augen, hakte sich mit den Worten: »Darf ich Genosse Oberst zu Ihnen sagen?«, bei ihm ein. »Dürfen Sie«, erwiderte er lakonisch. Durch ihren Stiefbruder Hans wusste sie etwas von den Gepflogenheiten in diesen Kreisen und merkte, dass sie den richtigen Ton getroffen hatte. Baumgärtner ließ sich willig von ihr führen.

»Ich danke Ihnen, dass Sie sich für mich und meine Dissertation so eingesetzt haben. Professor Seidel sagte mir, dass wir jetzt daran gehen müssen, Teile meiner Arbeit zu einem Patent werden zu lassen. Das bringt der Republik unterm Strich mehr Geld, als die Fahrt nach Westberlin und der Krankenhausaufenthalt gekostet haben.« Nachdem Johanna wieder gegangen war, stand Baumgärtner etwas hilflos da. Eine solche Offenheit und Akzeptanz seines Berufes erlebte er selten. Selbst im eigenen Kreis regierte Misstrauen und bei Fremden klappte, wenn der Name Staatssicherheit fiel, eine imaginäre Jalousie herunter. Das jemand Fremdes so unbekümmert mit ihm plauderte, hat ihn verwirrt.

Währen Johanna mit Baumgärtner durch den Garten schlenderte, war Werner mit der Frau des Hauses ins Gespräch gekommen. Es blieb nicht aus, dass sie Werner vom Tod ihrer Tochter erzählte und dabei in ihm einen höflichen und aufmerksamen Zuhörer fand. Mit dem Hinweis von der Endlichkeit des Lebens und dass normaler Weise die Kinder ihre Eltern und nicht umgekehrt zu Grabe tragen, erleichterte er es Frau Seidel, sich ihren Kummer, der auch heute, drei Jahre nach diesem Geschehnis, auf ihr lastete, von der Seele zu reden. Nur jeder ein Glas in der Hand zog sie Werner weg vom kulturellen Zentrum des Abends, dem Grill, in die Tiefe des

Gartens. Ehe er sich recht besann, stand er mir ihr unter einem großen Baum, dessen Geäst wie eine Glocke alles überdeckte. Auch die Musik drang nur noch leise in diese Ecke des Anwesens vor. Margit Seidel hatte sich leicht an ihn gelehnt. Irgendwie fühlte er sich an Dagmar erinnert, als sie ihm durchs Haar strich und leise fragte: »Werner, wie jung sind Sie eigentlich?« An den Baum gelehnt, legte sie ihre Arme um seinen Körper und drückte dabei auffordernd ihren Unterleib gegen den seinen .... Werner erwachte mit einem Filmriss. Eine liebenswürdige Umschreibung für den Gedächtnisverlust nach alkoholischen Exzessen. Er erwachte in seinem Ehebett. Das Bett neben ihm war leer, aber benutzt. Also war Johanna schon aufgestanden. Als er sich aufrichtete, fing das Schlafzimmer an zu schaukeln wie bei Seegang. Johanna betrat das Schlafzimmer und gab ihm einen Morgenkuss:
»Du stinkst. Ganz schön spät geworden gestern. Was habt ihr Männer bloß getrunken?« Langsam dämmerte es bei ihm wieder. Zusammen mit zwei Kollegen aus Johannas Abteilung hatten sie sich gemeinsam über eine Flasche *Helios*, einem vierzigprozentigen griechischem Weinbrand, hergemacht und diese zu dritt ausgetrunken.
»Die Frau meines Chefs schien sehr von dir angetan zu sein. Hattest du was mit ihr?« Werner schüttelte vorsichtshalber verneinend seinen Kopf. Was war unter dem Baum mit ihnen beiden passiert? Margit pflegte ihre Genugtuung über ihr Zusammensein in diskret-poetische Worte zu kleiden. »Ähnlich wie Goethe. Der Dichter sprach ja auch nicht von einem Dreiecksverhältnis, sondern nannte es Wahlverwandtschaften«, erinnerte sich Werner. Darum war er sich nicht so sicher, was wirklich zwischen ihnen

beiden gewesen ist. Er erinnerte sich ihrer Worte: »Dein Kuss hat mich ins Leben zurückgeholt.« Hat er sie wirklich bloß g e k ü s s t oder steht für Margit das Wort Kuss als Synonym für die Fülle aller Intimitäten, die zwischen Mann und Frau möglich, für sie jedoch unaussprechlich sind?

»Was ist bloß mit mir los?, dachte er. Erst die Jahre mit Dagmar, dann lernte er Johanna kennen, mit der er nun auch schon über zehn Jahre zusammen ist. Jetzt trat mit Margit wieder eine ältere Frau in sein Leben. Ist es das, was ihn umtreibt?

»Na was ist?«, fragte Johanna und bohrte weiter: »Hast du Probleme mit meiner Karriere?« Sie hatte längst begriffen, dass zwischen Werner und der Frau ihres Chefs etwas gelaufen war und sie glaubte auch die Ursachen dafür erkannt zu haben: sein Hang zu älteren Frauen und Minderwertigkeitskomplexe ihr gegenüber. Dabei ist ihr Doktor eher ein Ehrentitel, der gehaltlich nur ungenügend gewürdigt wird. Gerade einmal neunhundert Mark Anfangsgehalt im Monat hat ihr Professor Seidel zugesichert. Werner verdient das anderthalb Fache. Die Industrie zahlt auch besser als die Universität. Sie machte es Werner klar. Dann nannte sie einen Fall aus ihrer Seminargruppe. Eine Kommilitonin hatte einen Kraftfahrer geheiratet. Als Fernfahrer verdiente er, bedingt durch steuervergünstigte Überstunden- und Erschwerniszuschläge, ein höheres Nettogehalt, als seine Frau, die als Diplomchemikerin und Abteilungsleiterin in einem bedeutenden Chemiewerk tätig ist.

»Glaubst du, Werner, dass der Kraftfahrer an Minderwertigkeitskomplexen leidet?« So hatte es Werner noch nicht gesehen und staunte immer wieder, wie gut Johanna ihn kannte und mit seinen Problemen umzugehen wusste um ihm einen Ausweg zu zeigen.

Margit Seidel stand leise auf. Sie wollte ihren Mann nicht wecken. Mit einer Tasse Tee in der Hand ging sie hinaus in den Garten. Sie wollte allein sein und die morgendliche Ruhe genießen. Über die Spuren der gestrigen Gartenparty sah sie hinweg. Der Abend hatte etwas Befreiendes für sie gehabt. Werner Fink hatte einen gordischen Knoten in ihr gelöst, der ihre Seele gefesselt hielt. Margit empfand so etwas wie Dankbarkeit für ihn, hatte aber nicht das Bedürfnis, daraus ein Verhältnis werden zu lassen.

Den Wunsch, nach über zwanzigjähriger Ehe einen anderen Mann an sich heran zu lassen, kam spontan. Allein ihre Bitte, ihn näher kennen zu lernen, reichte nicht aus, Werner ihr Wollen voll zu verdeutlichen. Es fiel ihr jedoch schwer, die passenden Worte zu finden. Deshalb schob sie, als sie unter dem Baum standen, wortlos ihren Rock hoch, nachdem sie sich kurz zuvor, von ihm unbemerkt, ihrer Slips entledigt hatte... .

Intimitäten dieser Art in Worte zu fassen, war ihr schon immer schwer gefallen. Sie erinnerte sich an die Zeit zurück, als Susanne etwa vierzehn Jahr alt war und sie sich veranlasst sah, mit ihr über die Rolle, die Jungs und später Männer einmal im Leben einer Frau spielen werden, zu sprechen. Sie hatte sich ein entsprechendes Buch besorgt, aus dem sie kommentarlos zitierte. Sie erinnerte sich zweier schematischer Darstellungen der weiblichen und männlichen Geschlechtsorgane. Beim Betrachten des Schnittbildes durch das männliche Organ meinte Susanne:

»Das Bild ist falsch. So kann doch ein Mann niemals das bewerkstelligen, was zur Erhaltung der Art, wie es die Biologen nennen, zu tun ist. Warum zeichnet man das Glied nicht steif und waagerecht, wie es

dafür erforderlich ist?« Margits vorsichtige Fragestellung, woher sie denn das wisse, beantwortete sie
offenherzig.

Es lag wenige Wochen zurück. Susannes Klasse hatte
sich an ihren Wandertagen in eine Jugendherberge
eingemietet. Eines Nachmittags, die Mädchen spielten Tischtennis, trat ein Junge an sie heran und bat
sie, mit in den Schlafsaal zu kommen, es gäbe was
Wichtiges zu besprechen. Fünf Mädchen betraten
darauf hin vorsichtig den Schlafraum. Dabei schauten sie sich um, irgend eine Hinterhältigkeit erwar-
tend. Im Bett lag ein Junge. Die Hände hatte er hinter
dem Kopf verschränkt, der Unterleib war entblößt
und sein Glied ragte senkrecht nach oben. Mit dem
Zeigefinger drückte er es nach hinten bis auf seinen
Bauch herab. Dann ließ er los und, wie von einer
Feder gezogen, stellte es sich wieder auf. Der Junge,
der sie herein gebeten hatte, spielte Museumsführer,
der ein wichtiges Ausstellungsstück den Besuchern
erklärt:

»Hier meine Damen sehen sie einen Mann, bereit
jede Frau... .« Er konnte den Satz nicht mehr zu Ende
sprechen. Ein Lachkrampf schüttelte ihn und die
Mädchen liefen kichernd hinaus.

»Was ist eigentlich daran so schön, wenn uns die
Jungs ihren Pflock zwischen die Beine schieben? Hat
sich dafür Johann Wolfgang v. Goethe die Nacht um
die Ohren geschlagen, wie in *Willkommen und Abschied* beschrieben? Haben sich deshalb die Männer
in Fontanes *Effi Briest* duelliert und ist Anna wegen
eines Mannes vor den einfahrenden Zug gesprungen,
wie in Tolstojs *Anna Karenina*?« Margit erinnerte
sich, es einschränkend bejaht zu haben, unter der
Voraussetzung, dass man einen Mann liebt. Auch der
Kinderwunsch einer Frau sei ja nur so realisierbar.

Abends erzählte Margit ihrem Mann von den erschreckenden Vorkommnissen während der Klassenfahrt. Der Professor zog seine Frau auf seinen Schoß und versteckte sein Gesicht hinter ihrem Rücken, damit sie sein Schmunzeln darüber nicht sehen konnte. Wieder ernst werdend gab er seiner Überraschung wie folgt Ausdruck: »Als wir so alt waren, gab es getrennte Klassen für Jungen und Mädchen. Heute gehen die Kinder gemeinsam in eine Klasse. Sie wachsen zusammen auf und erleben auch ihre Pubertät gemeinsam. Willst du Susanne nach dem Namen des Jungen fragen? Was willst du in der Schule sagen? Vergiss nicht, der Junge ist auch erst vierzehn-fünfzehn Jahre alt!«

Später verschloss sich Susanne auch diesem Thema. Ihren Eltern erzählte sie nichts über Männer in ihrem Leben. Sie erinnerte sich an das Begräbnis. Während die meisten ihrer Freunde und KollegenInnen nur einen Blumenstrauß mitbrachten, hatte ein Mann, Enddreißiger sich etwas abseits haltend, einen Kranz niedergelegt. Margit hatte den Mann noch nie gesehen. Als er gegangen war, trat sie näher heran, um die Kranzschleifen besser lesen zu können. Neben dem lapidaren Letzter Gruß stand auf der anderen Schleife ein Spruch der Ricarda Huch:

Liebe ist das Einzige
was sich vermehrt,
wenn wir sie verschwenden.

»Ein Mann, der einer jungen Frau diese Worte auf ihren letzten Weg mitgibt, war nicht nur ein Freund oder Kollege«, dachte die Mutter.

Behutsam setzten die Hörner ein. Es folgten zögerlich Raum greifend die Streicher, dann bliesen die Blechinstrumente alles nieder, um erneut zu verstummen. Es folgten die Streicher und ließen das Stück scheinbar ausklingen. Ein Schlag und furios setzte das Orchester neu ein und stimmte die Hörer auf den guten Ausgang des Stückes ein. Nach zehn Minuten hob sich der Vorhang. – Es kam selten vor, dass sich Johanna und Werner gemeinsam vor dem Farbfernseher niederließen. Die zwei, frei von Störungen, zur Auswahl stehenden Programme boten selten Erbauliches oder Interessierendes. Aber heute Abend war das anders. Die Republik, und nicht nur diese, schaute auf Dresden. Die Staatsoper hatte ihr Traditionshaus wieder. Die Semperoper war neu erstanden und begrüßte seine prominenten Gäste aus dem In- und Ausland mit Webers *Freischütz*. Der *Freischütz* war die letzte Inszenierung in der Semperoper vor ihrer Schließung und Zerstörung im Krieg. Daran wollte man heute, vierzig Jahre danach, anknüpfen. Während Max wegen seiner schlechten Schießergebnisse von den Bauern verspottet wird, fragte Werner: »Was trinken wir?«

Johanna hatte es sich auf dem Sofa bequem gemacht. Den Kopf aufgestützt, die Beine hochgezogen meinte sie kurz angebunden:

»Weißwein, aber du gehst. Eine Flasche Meißner müsste noch im Keller sein.« Werner zog erstaunt die Brauen hoch ob der Raritäten, die ihm seine Frau offenbarte. Dann machte er sich auf den Weg nach unten. Es störte ihn nicht, die Handlung einige Momente zu verpassen. Opern anzuhören war nicht gerade seine Lieblingsbeschäftigung. Es war eher der Anlass und das Opern h a u s , aus dem die Oper übertragen wurde, was ihn faszinierten und bewogen, vor dem Fernseher auszuharren. Während er das Wohnzimmer betrat, klagte Max: »Nein, länger trag ich nicht die Qualen....«»Was meint der denn«, fragte Werner und provozierte mit der Frage: »Spielt das jetzt und hier?«

Mit dem Hinweis, dass Werner sich überhaupt nicht beklagen dürfe, denn er habe ja sie, zog sie ihn an seinen verbliebenen Haaren und gebot ihm zu schweigen. Folgsam und leise schenkte er ein. »Freue dich, dass wir die Semperoper wiederhaben und vergiss deinen Ärger!«, war Johannas Trinkspruch. Als dann Kaspar von einem Kind mit runder Brust sang, als ein Element seines Glücks, verkniff sich Werner eine Bemerkung.

Wolfsschluchtszene: Kaspar breitete die Utensilien für das beabsichtigte Gießen der Freikugeln aus und zitierte dabei laut und vernehmlich das Rezept. Werner lag ob der skurrilen Ingredienzien, die Frage auf der Zunge was denn die Chemikerin davon halte. Ohne auf seine Hintergründigkeit einzugehen, analysierte sie die Rezeptur wissenschaftlich-sachlich: »Hauptbestandteil der Kugeln zur damaligen Zeit war Blei. Die Legierung mit Quecksilber ist möglich. Die organischen Beimengungen von Tieraugen dagegen würden lediglich als Schlacke auf der Schmelze schwimmen und deren Qualität beeinträchtigen. Auch Glasbeimengungen, ob von Kirchenfenstern oder nicht, dürften auf Grund der unterschiedlichen Schmelztemperatur keinen Einfluss auf die Legierung haben. Glas bleibt in der Bleischmelze fest und würde wie Rosinen im Stollen als Splitter in der gegossenen Kugel verbleiben.« Werner zollte ihrer wissenschaftlichen Analyse Beifall und meinte, dass weder Johann Friedrich Kind, noch Carl Maria von Weber Naturwissenschaftler waren. Inzwischen hatten Max und Kaspar die siebente und entscheidende Kugel gegossen und die beiden Jäger waren unter der Gewalt des Zaubers zusammengebrochen…. .

Auf Arbeit am nächsten Tag war die Inszenierung Thema in den Frühstückspausen. Die Ruinenlandschaft als zentrales Bühnenbild fand nur wenig Beifall bei den Dresdnern, hatten doch viele die Kulisse der Felsenbühne in Rathen, dem kleinen Kurort an der Elbe, vor Augen. Auf der Naturbühne im Wald zwischen den Felsen der Sächsischen Schweiz gehört der *Freischütz* zum ständigen Repertoire und entspricht so eher den Vorstellungen, die die meisten Zuschauer von Webers Werk haben.

XI

»Deshalb sprechen wir nicht von fossilen Brennstoffen, wenn von Erdgas, Erdöl, Braun- und Steinkohle die Rede ist. Zusammenfassend sollte man sie als fossile Kohlenwasserstoffe bezeichnen. Diese Rohstoffe, die uns die Natur in so relativ reichem Maße zur Verfügung stellt, sind chemisch sehr komplex und viel zu schade, dass man sie nur durch den Schornstein jagt oder durch die Auspuffrohre unserer Kraftfahrzeuge.«

Gerade als das obligatorische Klopfen auf den Hörsaalbänken einsetzen wollte, stand noch ein Student mit verschmitztem Gesicht auf und rief: »Frau Professor, meine Oma hat noch einen Kachelofen. An kalten Wintertagen stelle ich mich gern daran und wärme mir den Rücken. Soll das alles vorbei sein?« Johanna hörte sich die Kritik an ihrer Vorlesung geduldig an, ehe sie antwortete:

»Aber keineswegs. Dieser Genuss soll Ihnen erhalten bleiben. Grüßen Sie Ihre Frau Großmutter von mir und sagen Sie Ihr, dass ich auch gerne meinen Rücken und Schultern am Kachelofen wärme.« Gelächter. Die StudentenInnen kannten ihre Professorin. Bei aller exakter Wissenschaftlichkeit blieben feinsinniger Humor und Witz nicht auf der Strecke. Diese dankenswerte Mischung war es, die Frau Professor Fink immer volle Hörsäle bescherten.

Wenn nicht eine Vorlesung der nächsten folgte, blieb sie meist noch ein paar Minuten sitzen und beobachtete, während sie ihre Unterlagen ordnete, wie sich der Saal allmählich leerte. Sie schlug das kunstlederne Buch auf. *Dienstag, 4. Oktober 1994* stand im Kopf des Kalendariums. Der erste Arbeitstag nach einem langen Wochenende. Sie hatte es schon während der Vorlesung gespürt, die jungen Damen und Herren waren noch nicht ganz im Ernst des Studentenalltags angekommen. Auch die Frage nach dem Schicksal von Kachelöfen wurde wohl so nur an einem solchen Tag gestellt. Während sie hin und her blätterte, fiel ein Buchzeichen heraus. Es war das abgerissene Stück eines Papierfähnchens, weiß – grün, die Farben Sachsens. Beim Anblick dieses Stück Papiers, dachte sie fünf Jahre zurück. Die Erinnerungen an den Herbst neunzehnhundertneunundachtzig, jene Tage vor dem Hauptbahnhof wurden wieder lebendig. Die Tage der Proteste und Demonstrationen, an denen sie zusammen mit Werner teilgenommen hat. Bei diesen Aktionen ging es nicht allein um das Mitreiserecht in den Transitzügen, die die Prager Botschaftsflüchtlinge in den Westen brachten. Die Proteste richteten sich zunehmend gegen die Brutalität der Polizei und die Selbstherrlichkeit der staatlichen Allmacht.

Während andere schwarz-rot-goldene Fahnen mit und ohne Emblem in den Händen hielten oder Fahnen, aus denen man fein säuberlich Hammer, Zirkel und Ährenkranz herausgeschnitten hatte, schwenkten, begnügte sich Johanna mit einem selbst gebastelten weiß-grünen Papierfähnchen. Genau genommen hatte Daniel, dieses zusammengeklebt. Plötzlich waren Polizisten im Demonstrationszug und griffen sich willkürlich vor allem Männer heraus. Die Ausnahme bildete eine junge Frau, der man ihr Plakat entriss, bevor man sie abführte. Auf dem Plakat war satirisch das lateinische Wort *sed* (zu deutsch: sondern) und das Parteikürzel *SED* gegenübergestellt. Johanna rannte los, zu dem Lastwagen, auf dem man die Festgenommenen verfrachten wollte, drängte sich durch und wollte die Ladefläche erklimmen. Als man sie zurückstieß, zerriss das Sachsenfähnchen und sie behielt nur einen Fetzen in der Hand, jenes Stückchen, dass ihr heute als Buchzeichen dient. Ihr Mann sei da oben und sie wolle unbedingt mit. Etwas überrascht gaben die Volkspolizisten ihrer Forderung nach und ließen sie mitfahren. Man brachte sie zu einer Polizeikaserne und trieb sie in einen Keller, wo sie sich mit dem Gesicht zur Wand aufstellen mussten. Sie spürte, dass Werner von der Situation zusehends überfordert war, hatte er doch im Frühjahr erst eine Angina pectoris hinter sich gebracht. Dann brach er zusammen. Ein junger Volkspolizist befahl, aufzustehen. Mit einem leichten Stiefeltritt versuchte er, seinem Befehl Nachdruck zu verschaffen. Johannas Geduld war zu Ende. Aus den Augenwinkeln hatte sie alles mit angesehen.

»Schämen Sie sich nicht? Wir könnten Ihre Eltern sein!« Sie hob Werner auf. Auf sie gestützt gingen beide langsam dem Ausgang entgegen. Ihre jüngeren Bewacher wagten es nicht, sich ihnen in den Weg zu stellen. Ein älterer Polizeioffizier betrat den Keller. Ihre Blicke trafen sich. Dann sprach Johanna leise aber deutlich: »Genosse Major, wir haben weder Steine noch Brandflaschen geworfen und auch niemanden verprügelt. Mein Mann ist krank, bitte lassen Sie uns gehen!« Nun hob Werner seinen Kopf. Er löste sich von Johann und übergab unaufgefordert seinen Personalausweis. Der Major wusste ziemlich genau, dass es sich bei den Verhafteten keineswegs um jugendliche Rowdys handelt. Von Tag zu Tag stieg der Altersdurchschnitt der Demonstranten. Beängstigend die Zahl derer mit Parteiabzeichen, die Seite an Seite mit Parteilosen demonstrierten. Um überhaupt etwas zu sagen, ließ er sich Johannas Ausweis zeigen. Das *Dr. sc.* vor ihrem Namen wirkte Respekt einflößend. »Wenn sie so krank sind, Herr Fink, dann sollten sie solche Veranstaltungen meiden. Noch mal kommen sie nicht so glimpflich davon«, sagte er und öffnete dabei die Tür. Auf der Straße angekommen, lehnte sich Werner an die Hauswand und sog die Nachtluft in sich auf.

»Wo sind wir hier?«, fragte er. »Irgendwo im Norden der Stadt, im Kasernengelände«, antwortete Johanna. Auf der Straße rollte ein LKW, beladen mit Polizisten vorbei. Langsam liefen sie los. Johanna spürte plötzlich Hunger. Es war nachts halb elf, also sinnlos, hier in dieser Gegend noch auf ein geöffnetes Lokal zu hoffen. Ein Barkas - Kleinbus hielt. Der Fahrer bot seine Hilfe an. Johanna überlegte, ob sie erst mit Werner ins Krankenhaus fahren soll oder nach Hause. Ihr Helfer in der Not nahm ihr die Entscheidung ab: »Ich muss nach Blasewitz und setze sie vorher an der Medizinischen Akademie ab.«

Sie waren nicht die einzigen Demonstrationsopfer, wie sich beim Warten auf dem Krankenhausflur herausstellte. Den größten Zulauf hatte die Chirurgie.

»Nun sind wir quitt«, meinte Werner mit etwas kraftloser Stimme und fuhr fort: »Heute hast du mir das Leben gerettet.« Johanna sah ihn mit großen Augen an, dann schlug sie mit ihren Fäusten auf seine Brust. »Sag doch nicht so was!« Mit ihrer Beherrschung war es vorbei. Während ihre trommelnden Fäuste langsamer schlugen, rollten ihr die Tränen übers Gesicht.

Johanna blickte auf. Der Hörsaal hatte sich geleert. Das Stückchen weiß-grünes Papier legte sie zurück in den Kalender. An ihrem Zimmer, war die Putzfrau gerade dabei ihr Türschild zu polieren. Aus einer *Dr. sc.* war nach der Wende eine *Dr. habil.* geworden. Die Professur, die das Ministerium für Hoch- und Fachschulwesen der DDR der parteilosen Wissenschaftlerin verweigerte, hat ihr das Sächsische Staatsministerium für Wissenschaft und Kunst nach der Wende zuerkannt. Die Dozentur hatte sie von der DDR auch nur erhalten, weil sie eine Frau war.

Die Frage, ob ohne die gewaltigen Demonstrationen alles so schnell gegangen wäre, beantwortete sie für sich mit einem klarem »nein«. Werners dringend erforderliche Kur führte ihn nach Österreich. Dass er diese Kur, zusammen mit seiner Frau schon ein Jahr nach seiner Genesung antreten konnte, war ebenfalls das Resultat der veränderten politischen Landschaft. Schon neunzehnhundertdreiundfünfzig war Werner dafür auf die Straße gegangen. Sechsunddreißig Jahre später war das Engagement vom Erfolg beschieden. In welche lebensbedrohliche Lage Werner geraten wäre, wenn er nicht mit Johannas Hilfe den Polizeikeller hätte verlassen dürfen, lässt sich nur ahnen. Als er dann im Krankenhaus vom »quitt sein« sprach, hatte er sie tief verletzt. Kann man Hilfeleistungen und Lebensrettung gegenseitig aufwiegen? Fühlte sich Johanna gegenüber Werner verpflichtet, weil er sie aus dem brennenden Keller mitnahm? Eine Tat, die sie nur vom Erzählen her kannte. War ihr Handeln nicht eher die selbstverständliche Kameradschaft von Ehepartnern, sich gegenseitig beizustehen, egal, ob im Bombenkeller oder im Keller einer Polizeikaserne?

Während Andreas Fink angestrengt am Computer werkelte, der wieder einmal abgestürzt war, stand sie hinter ihm und hatte ihre Arme über seiner Brust verschränkt. Mal hielt sie ihm die Augen zu, dann wieder zerwühlte sie sein Haar und dann fanden die Prozeduren in umgekehrter Reihenfolge statt. Sanft mahnte er: »Lass mich, ich muss mich konzentrieren. Wenn du mich nicht in Ruhe lässt, Keulchen, bekommen wir den PC allein nicht wieder hin.
Keulchen heißt mit bürgerlichem Namen Bettina Bertram und war seit Studienbeginn neunzehnhundertvierundneunzig Gast bei Tante Johanna und Onkel Werner. Eigentlich müsste vor Tante und Onkel das Wörtchen *Stief-* stehen. Bettina und Andreas waren nicht wirklich Cousin und Cousine und damit belastete auch keine blutsverwandtschaftliche Beziehung ihre Liebe. Richtig kennen gelernt hatten sie sich bei einem Besuch der Herkuleskeule, zusammen mit Andreas' Eltern. Während die Eltern gleich nach Hause fuhren, bummelten die beiden noch durch die Stadt. Vom Park neben dem Bogenschützen hatte man einen wunderbaren Blick auf die

Silhouette von Elbflorenz. Es schien der Vollmond, was Andreas an das Bild von Christian Clausen-Dahl erinnerte. Man glaubte, der Engel auf der Kuppel der Kunstakademie berühre mit seinen Fingerspitzen den Mond. Schweigend aneinander gelehnt gaben sie sich dem Anblick hin. Der Verkehr war nur noch als leichtes Grummeln zu vernehmen. Seit diesem Abend nannte er sie Keulchen.

Werner war von dieser Beziehung seines Sohnes wenig begeistert: »Ist Bettina nicht etwas zu jung für dich, mein Sohn?«, fragte er besorgt, als er merkte, dass sich die Bekanntschaft zu vertiefen begann. Andreas war immerhin schon dreißig, während Bettina gerade neunzehn Lenze hinter sich hatte.

»Wie viel Jahre liegen eigentlich zwischen dir und Mutter?«, fragte Andreas hintergründig zurück. Trennten doch seine Eltern die gleiche Zahl an Jahren, wie ihn und sein Keulchen. Mit dem Hinweis, dass damals eine ganz andere Zeit war und man so etwas nicht vergleichen könne, wollte sich Werner Fink aus der Affäre ziehen. Da solche Erklärungen kaum akzeptiert werden, unterließ er eine diesbezügliche Moralpredigt und ließ es bei der Forderung bewenden: »Mach mir das Mädel nicht unglücklich.« Er stellte überhaupt eine Reihe von Parallelen zwischen seinem Leben und dem der Kindergeneration fest. Als Johannas Stiefbruder Hans zur See ging, konnte er dessen Zimmer beziehen. Heute wohnt Hans´ Tochter im Kinderzimmer von Daniel, seinem jüngstem Sohn, der in die Fußtapfen seines (Stief-)Onkels getreten ist und ebenfalls Seeoffizier, inzwischen bei der Deutschen Marine, wurde.

Holger bei seinem Weg zum Seeoffizier behilflich zu sein, war für Hans Bertram ebenso Herzenssache, wie für Johanna, sich Bettinas anzunehmen. Begünstigt wurde diese Hilfe dadurch, dass Bettina an der gleichen Universität begann, an der Johanna ihr Professur innehatte. Wenn auch nicht die Betriebswirtschaft Johannas Fach war, so half doch eine Professorin im Rücken manche studentische Hürden leichter zu nehmen.

Manuela uns Hans Bertram war der Sprung in die Privatwirtschaft gelungen. Hans Bertram war nach der Wende als Kapitän zur See aus der Volksmarine ausgeschieden. Das Angebot, bei der Bundesmarine als Korvettenkapitän weiter zu dienen, lehnte er ab. Nach dem Ausscheiden aus dem aktiven Dienst wurden er Teilhaber einer Detektei, an der auch Manuela im Innendienst mitarbeitete. Obwohl man in Mecklenburg - Vorpommern nicht gerade von einer aufstrebenden Wirtschaft sprechen kann, bieten die Tourismus- und Sicherheitsbranche relative Krisenfestigkeit. Seine Firma unterhält Zweigstellen in anderen Bundesländern. Die damit verbundene Betriebsgröße gestattet ihm ein Einkommen, das mit dem eines Seeoffiziers durchaus mithalten kann.
Ihren fünfzigsten Geburtstag beschloss Frau Professor Johanna Fink auf dem Balkon von Dresden, dem Louisenhof, zu feiern. Zu den zahlreichen Gästen aus nah und fern gehörten Professor em. Seidel, ihr Doktorvater, nebst Frau und auch Dagmar, Werners erste Frau, mit Gatten. Für Werner gestaltete sich diese Feier zu einem Defilé ehemaliger ihm nahe gestandener Frauen.
Die Herbstnacht brach herein und ein nebelfreier Novembertag ging zu Ende. Die vorwiegend älteren Gäste waren bereits gegangen und nur die jungen Leute feierten weiter, ohne die Gastgeberin zu stören. Sie waren mit sich selbst beschäftigt. Johanna

und Werner standen beieinander. Sie blieben ungestört. Werner legte seinen Arm um ihre Schultern und
ihre Blicke streiften nicht nur über die räumliche
Weite des vor ihnen liegenden Elbtales, sondern
schlossen die vergangenen fünfzig Jahre ihrer und
der Dresdner Geschichte gleichsam in die stille
Betrachtung mit ein.

Nachwort

Die Geschichte von Johanna und Werner, den beiden nichtadeligen Königskindern ist frei erfunden.
Nicht erfunden sind die Bombenangriffe auf Dresden in der Nacht des 13. Februar und der darauf folgende Tagesangriff am 14. Februar 1945. In Dresden lebten damals etwa 600.000 Menschen, darunter zahlreiche Flüchtlinge aus den geräumten Ostgebieten. Die Verluste aus den beiden Bombenangriffen werden mit 35.000 Toten beziffert. Unter den Toten waren auch alliierte Kriegsgefangene.
Die erheblichen Sachschäden und Verwüstungen des Stadtzentrums warfen die Frage auf, die überlebenden Einwohner zu evakuieren und die Stadt zu liquidieren. Dazu ist es nicht gekommen. Dresden wurde wieder aufgebaut und ist politisches und kulturelles Zentrum Sachsens geblieben.

Die Ereignisse jener Februarnacht haben Schriftsteller und Künstler aller Genres zum Gegenstand ihres Schaffens gemacht. Ich wünsche, dass sich meine Erzählung würdig in die Literatur über meine Heimatstadt Dresden einreihen wird.

Aus der Dresdner Chronik

13. Februar 1945
Anglo - amerikanischer Bombenangriff auf
Dresden

8. Mai 1945
Dresden wird am letzten Tag des Krieges von
sowjetischen Truppen besetzt.

1946
Dresden wird wieder Landeshauptstadt Sachsens,
mit der Verwaltungsreform von **1952** Bezirksstadt.

6.-7. Juni 1947
erste und einzige gesamtdeutsche Ministerpräsidentenkonferenz aller deutschen Länder im
geteilten Nachkriegs – Deutschland in München.
Delegationsleiter der SBZ–Länder war Sachsens
amtierender Ministerpräsident FISCHER.

Juni 1948
Währungsreform in Ost und West; in der sowjetischen Besatzungszone werden die alte Reichsmark
im Verhältnis zehn zu eins in Deutsche Mark/Ost
(später Mark der DDR) umgetauscht. Während die
Pfennigmünzen im Westen traditionell aus Kupfer
bestehen, werden die Pfennige im Osten in
Aluminium geprägt.

7. Oktober 1949
Aus der sowjetischen Besatzungszone (SBZ) wird
die Deutsche Demokratische Republik (DDR).

17. Juni 1953
Volksaufstand in der DDR. Auch in Dresden
kommt es zu Streiks und Demonstrationen.
Die Besatzungsmacht verhängt noch am Abend
einen mehrwöchigen Ausnahmezustand.

1956
Dresden feiert sein 750-jähriges Bestehen.
Die Sowjetunion gibt die nach Kriegsende
beschlagnahmten Bilder der Dresdner Gemäldegalerie zurück. Sie finden in der wiedererrichteten
Sempergalerie im Zwinger und im Albertinum
ein zu Hause.

1958
In der DDR wird die Rationierung der Lebensmittel
aufgehoben.

1961
Die Technische Hochschule Dresden erhält den
Status einer Technischen Universität.
Am 13. August
wird in Berlin die Mauer errichtet.

21. August 1968
Sowjetische Truppen fallen in die CSSR ein,
um den politischen Reformprozess gewaltsam
zu stoppen.

9. September 1969
Auf der Großenhainer Straße kommt es zu einem
folgenschweren Verkehrsunfall zwischen einer
Straßenbahn und einem LKW der Sowjetarmee.
Glücklicher Weise gibt es weder Tote noch
Schwerverletzte.

13. Februar 1985
Einweihung der Semperoper; Erstinszenierung war »Der Freischütz«

4. Oktober 1989
Beginn mehrwöchiger Proteste gegen das SED-Regime; zuerst vor dem Hauptbahnhof in Dresden, als die Transitzüge mit den Prager Botschaftsflüchtlingen eintrafen. Damit wurde die Wende in Dresden eingeleitet.

3. Oktober 1990
Die DDR tritt der Bundesrepublik Deutschland bei. Der 3. Oktober wird neuer Nationalfeiertag und löst den 17. Juni in den alten Bundesländern, bzw. den 7. Oktober in der DDR ab.

Historische Personen

ARDENNE, Else v.
geb.: 26. Oktober 1853 in Zerben
gest.: 04. Februar 1952 in Lindau
Ihr Affäre mit Amtsrichter Erich HARTWICH (†1886, im Duell getötet) war Hintergrund für → FONTANES Roman »Effi Briest«.
Ihr Enkel, → Manfred v. ARDENNE, lebte als freischaffender Physiker in Dresden.

ARDENNE, Manfred v.
geb.: 20. Januar 1907 in Hamburg
gest.: 26. Mai 1997 in Dresden

Universalgelehrter des 20. Jahrhunderts.
Wurde nach dem II. Weltkrieg 1945 in die
Sowjetunion verbracht, wo er maßgeblich am
Bau der Atombombe mitwirkte.
Nach seiner Entlassung ließ er sich 1955 in Dresden
nieder und gründete ein wissenschaftliches Institut.
Ehrenbürger von Dresden.

CLAUSEN-DAHL, Johann Christian
geb.: 24. Februar 1788 in Bergen/NOR
gest.: 14. Oktober 1857 in Dresden
Landschaftsmaler der Spätromantik, mit
C. D. FRIEDRICH befreundet; mahlte 1839
»Blick auf Dresden bei Vollmonschein«

EFFEL, Jean (eigentl. Francois LEJUNE)
geb.: 12. Februar 1908 in Paris
gest.: 11. Oktober 1982 in Paris
Französischer Karikaturist, seine Bilderserie
»Heitere Schöpfungsgeschichte für fröhliche
Erdenbürger« wurde unter dem Titel
»Die Erschaffung der Welt« 1962 verfilmt.

FISCHER, Kurt
geb.: 01. Juli 1900 in Halle a. d. Saale
gest.: 22. Juni 1950 in Bad Colberg/Thür.
Lehrer, seit 1919 KPD-Mitglied,
emigrierte 1939 in die Sowjetunion.
Während des Krieges war er Angehöriger des
militärischen Geheimdienstes der Sowjetarmee.
Nach seiner Rückkehr zum Sächsischen
Innenminister und stellvertretenden Minister-
präsidenten ernannt.
Ab 1949 Chef der Deutschen Volkspolizei in Berlin.
Ehrenbürger von Dresden.

FONTANE, Theodor
geb.: 30. Dezember 1819 in Neuruppin
gest.: 20. September 1898 in Berlin
Schriftsteller und Dichter.
1895 schrieb er den gesellschaftskritischen Roman
»Effi Briest« nach einer wahren Begebenheit um
→ Else v. ARDENNE.

FRIEDRICHS, Rudolf
geb.: 09. März 1892 in Plauen/Vogtl.
gest.: 13. Juni 1947 in Dresden
Kreuzschüler, Studium der Staats- und
Rechtswissenschaften in Leipzig.
Seit 1922 Mitglied der SPD. Während der Nazi-Zeit
wurde er aus dem öffentlichen Dienst entfernt;
am 10.05.1945 vom sowjetischen
Stadtkommandant zum Oberbürgermeister von
Dresden ernannt. Seit 1946, bis zu seinem Tode,
Ministerpräsident des Landes Sachsen.
Ehrenbürger von Dresden.

GOETHE, Johann Wolfgang
geb.: 28. August 1749 in Frankfurt a. Main
gest.: 22. März 1832 in Weimar
Deutscher Dichter und Dramatiker,
Vertreter der deutschen Klassik zusammen
mit F. SCHILLER.
Hier erwähnt die Gedichte »Ein Gleiches«,
»Willkommen und Abschied« und der Roman
»Die Wahlverwandtschaften« von 1809.

HITLER, Adolf
geb.: 20. April 1889 in Braunau a. Inn
gest.: 30. April 1945 in Berlin
1933 bis zu seinem Selbstmord 1945 Reichskanzler,

ab 1934 Führer des Deutschen Reiches.
Maßgeblich verantwortlich für den II. Weltkrieg
(1939-1945). Ehrenbürgerschaft von Dresden
1945 aberkannt.

HUCH, Ricarda
geb.: 18. Juli 1864 in Braunschweig
gest.: 17. November 1947 in Schönberg
Dichterin und Schriftstellerin, Vertreterin der
deutschen Neuromantik.

KIND, Johann Friedrich
geb.: 04. März 1768 in Leipzig
gest.: 25. Juni 1843 Dresden
eigentlich Rechtsanwalt, schrieb das Libretto zu
→ WEBERS Freischütz.

LINGNER, Karl August
geb.: 21. Dezember 1861 in Magdeburg
gest.: 05. Juni 1916 in Dresden
Fabrikant, Erfinder der Marke O d o l.
Erwarb 1906 die Villa Stockhausen,
das heutige Lingner-Schloss.
1911 gründete er das Hygiene-Museums in
Dresden. Ehrenbürger von Dresden.

PLANCK, Max
geb.: 23. April 1858 in Kiel
gest.: 04. Oktober 1947 in Göttingen
Stellte 1900 die Quantentheorie auf, wofür er
1918 den Nobelpreis für Physik erhielt.
Führte die hier erwähnte Konstante »h« ein.
1948 erhielt die Kaiser-Wilhelm-Gesellschaft
seinen Namen. Der Gesellschaft sind die
Max-Planck-Institute zugeordnet.

SEMPER, Gottfried
geb.: 29. November 1803 in Hamburg
gest.: 15. Mai 1875 in Rom
Deutscher Architekt und Baumeister,
mehrere Jahre in Dresden tätig;
1838 bis 1841 Bau des Hofopernhauses,
1847 bis 1854 Galeriebau im Zwingerensemble

SOLVAY, Ernest
geb.: 16. April 1838 in Rebecq/BEL
gest.: 26. Mai 1922 in Brüssel
Chemiker, erfand das nach ihm benannte Verfahren
zur Sodaherstellung (Soda: Natriumcarbonat
Na_2CO_3).

TOLSTOJ, Lew Nikolajewitsch
geb.: 09. September 1828 in Jasnaja Poljana
gest.: 20. November 1910 in Astopowo
Russischer Romancier des 19. Jahrhunderts,
schrieb zwischen 1873 und 1876 den Roman
»Anna Karenina«.

WEBER; Carl Maria v.
geb.: 19. November 1786 in Eutin
gest.. 05. Juni 1826 in London
Komponist, schrieb zwischen 1817 und 1820
die romantische Oper »Der Freischütz«.

Alle sonstigen Namen und Personen sind frei
erfunden. Ähnlichkeiten mit lebenden oder
verstorbenen Personen sind rein zufällig und
nicht beabsichtigt.